J11

4 50%

D1322979

Faire sa mort
comme faire l'amour

Pierre Turgeon

Faire sa mort
comme faire l'amour

Préface de
Réjean Beaudoin

BQ

BIBLIOTHÈQUE QUÉBÉCOISE

Bibliothèque québécoise inc. est une société d'édition administrée conjointement par la Corporation des Éditions Fides, les Éditions Hurtubise HMH ltée et Leméac éditeur.

Données de catalogage avant publication (Canada)

Turgeon, Pierre, 1947-

  Faire sa mort comme faire l'amour
  Ed. originale : Montréal : Éditions du Jour, 1969
  Publ. à l'origine dans la coll. : Les romanciers du Jour
  Comprend des réf. bibliogr.

  ISBN 2-8940-6084-X

  I. Titre.

PS8589.U7F3 1993   C843'.54   C93-096530-2
PS9589.U7F3 1993
PQ3919.2.T87F3 1993

Maquette de couverture : Évelyne Butt, d'après un dessin de Gité
Mise en page : Mégatexte

DÉPÔT LÉGAL : 2e trimestre 1993
BIBLIOTHÈQUE QUÉBÉCOISE
©Hurtubise HMH, 1968
©Bibliothèque québécoise, 1993, pour cette édition
ISBN : 2-8940-6084-X

Imprimé au Canada

Faire son œuvre comme faire la guerre

Des syndicats communistes dénoncés par Maurice Duplessis aux étudiants maoïstes ou trotskistes des premières promotions de l'UQAM, le Québec courtise tous les projets de société prêts-à-porter. C'est ainsi qu'on dévore les nouvelles du monde dans une paroisse qui voit poindre le jour nouveau du fond de sa grande noirceur. La contestation, la musique rock, la mise à mort de la société de consommation et sa résurrection sublimée dans la contre-culture tiendront lieu d'initiation à toute une génération née pendant ou après la Deuxième Guerre mondiale. La Révolution tranquille s'est mise en branle sous l'onde de choc des tempêtes qui balaient régulièrement le monde occidental, à la manière des ouragans qui surgissent des zones tropicales. Secouées par un séisme dont l'épicentre frappe au cœur. La révolution sexuelle ressemblait à une nouvelle version du chapelet en famille, mais la cathédrale Marie-Reine-du-Monde avait été remplacée par l'air parfumé de Woodstock, et la voix chevrotante du Cardinal Léger par les guitares délirantes de Jimmy Hendrix.

Salué comme une promesse de maturité chez un écrivain de vingt-deux ans, le premier roman de Pierre Turgeon appartient à l'époque où le roman québécois en plein essor s'affirmait dans une atmosphère surchauffée par les récits explosifs d'Aquin, Blais, Ducharme et compagnie, sans parler d'un climat politique qui pourrissait lentement sous les bombes du FLQ. *Faire sa mort comme faire l'amour* a paru en 1969. Toutes les audaces, toutes les ambitions, toutes les révoltes étaient à l'ordre du jour. La production romanesque de ce temps-là témoigne bien de l'enthousiasme qu'on éprouvait à mettre la maison sens dessus dessous, à renier joyeusement père et mère et à tirer un trait définitif sur le passé. Les trois personnes de la trinité pure laine (patrie, langue et foi) étaient quotidiennement mises en pièces et les souris dansaient beaucoup dans la sacristie. La belle Province s'émancipait. La décennie suivante n'allait commencer qu'en octobre 1970, lorsque le chat fédéral sifflerait brutalement la fin de la récréation culturelle: la fête au village s'achevait sous la surveillance des troupes en armes. Les célèbres enlèvements de l'automne chaud survinrent juste après la publication d'*Un, deux, trois*, le deuxième roman de Pierre Turgeon. L'arbitre politique de la crise québécoise était à Ottawa et trouva opportun de suspendre en une nuit toutes les libertés démocratiques. Invité à expliquer jusqu'où il irait pour venir à bout d'une poignée de terroristes et sommé de justifier son recours à la loi martiale, Pierre Trudeau répondit avec une évidente satisfaction: «*Just watch me*». Son regard méprisait ouvertement les pauvres journalistes qui avaient peur des soldats.

Près d'un quart de siècle après ses premiers lecteurs, il n'est peut-être pas inutile de rappeler ce contexte qui est aussi celui des débuts du jeune romancier qui vient sceller le destin d'une ascendance avilie. Le souffle endiablé qui parcourt ces pages fébriles, n'est-ce pas le nœud œdipien d'un Québec militant qui vient d'adopter collectivement la posture du franc-tireur ? C'est pourquoi la conflagration sociale rejoint les transes du roman familial dans tant de textes de ce temps-là. *Faire sa mort*, c'est abolir le vieux prestige des généalogies chères à l'âme canadienne-française, *comme faire l'amour*, c'est creuser la fosse d'une aïeule débauchée qui n'a vécu que pour castrer son mari, dévorer ses fils et recommander l'avortement à sa bru. La charge destructrice libérée par cette famille aux instincts suicidaires fournit paradoxalement la matrice d'une puissance régénératrice. L'écriture de ce roman sonne l'heure d'apprendre enfin le savoir-mourir comme une variante du savoir-faire amoureux — art réputé si contraire au savoir-vivre bourgeois. Tuer dans l'œuf le mythe rassurant des générosités maternelles, trancher d'un coup l'héréditaire lâcheté des géniteurs mal sevrés, telle est la mission d'un narrateur inflexible dont l'acte de naissance littéraire rabat l'impuissance nationale sur la gestation intellectuelle : « Nous sommes d'une race qui pleurniche après le giron et le sein. » L'aventure magnifiquement racontée par Pierre Quillevic est d'un sordide difficilement concevable ailleurs qu'en terre colonisée.

L'intertexte de ce discours iconoclaste convoque une foule de cris viscéraux, depuis «l'éternelle jeunesse d'une race qui ne sait pas mourir» (Hémon) jusqu'à la déchéance avérée de cette «race de monde» qui fait bouillir le sang du vieux Didace (Guèvremont) et du si pauvre Abel (Lévy-Beaulieu).

On peut lire dans *Faire sa mort* l'histoire de plusieurs vies reliées par les enchaînements d'une chronique familiale, celle-ci s'imposant dans la mesure où le point de vue de la première personne déclare de plus en plus les motivations intérieures d'un fils de famille anxieux de rompre avec les siens. La stratégie narrative qu'il adopte présente des choix inusités, comme le fait de désigner ses parents ou ses grands-parents tantôt par leur prénom (Édouard, Christine, Vincent, Suzanne, Guillaume, Madeleine), tantôt par leur lien parental avec lui (père, mère, aïeul maternel, etc.). Faute d'indications qui permettraient de préciser la distance entre les événements narrés et le temps de la narration (en fait, ces indications sont à la fois rares et trompeuses), il en résulte une certaine incertitude quant au statut interne du récit: «À parcourir le labyrinthe de mes souvenirs, j'aboutis sans cesse aux futilités qui m'encombrent présentement.» Or, la plupart de ces «futilités» ne sauraient être prises pour les souvenirs personnels de celui qui s'exprime de la sorte, à moins d'admettre que certains événements conservés dans la mémoire du clan font aussi partie de celle de l'individu à qui ils ont été transmis, sans qu'il les ait vécus ou qu'il en ait lui-même été témoin. La chronologie des histoires racontées précède en partie la naissance du narrateur; même parmi les épisodes de son vivant, beaucoup appartiennent à un âge où l'enfant n'était pas en mesure de constater ce qu'il relatera plus tard, une fois devenu adulte, comme les péripéties authentiques d'une sombre saga dont le commencement remonte aussi loin que l'embarquement du premier ancêtre normand pour la Nouvelle-France.

Pierre Quillevic n'est pas prodigue de renseignements sur les sources des nombreux drames humains dont il tisse l'événement de sa naissance biologique et spirituelle. Les archives familiales (que suppose la simple possibilité du récit que nous lisons) sont absorbées et intériorisées par la conscience du scripteur adolescent. Il est parfois question d'une vieille photographie, de diverses confidences, mais ces allusions trop rapides peuvent difficilement constituer une base documentaire bien repérable derrière son propos. Vers la fin du roman, la transcription textuelle d'une lettre de la mère, Christine, fait exception à cette énonciation laconique. D'une manière générale, ce narrateur qui dit *je* (ajoutant aussitôt que «c'est un peu par dérision») se comporte en fait comme une conscience omnisciente: lorsqu'il raconte, par exemple, la carrière industrielle de son grand-père Séchaud ou les déboires pathétiques de son père, Édouard, il est évident que le narrateur s'octroie les pouvoirs du démiurge. Cette solution de continuité dans la trame narrative n'accuse pas l'immaturité d'un auteur à ses premières armes. La hardiesse du procédé signale plutôt l'impétuosité d'un art qui ne s'effraie pas plus des prouesses techniques qu'il ne recule devant les généreux coups de gueule.

Faire sa mort comme faire l'amour se lit comme un singulier roman d'apprentissage en forme d'autobiographie déconstruite. Dans le tableau d'une noirceur absolue, un jeune homme en quête d'identité dévoile le milieu suffoqué de honte qui voudrait l'empêcher de s'assumer. Le procès de la tribu instruit par l'auteur en herbe devrait donc l'arracher aux ombres qui le hantent, mais on peut douter de l'efficacité de cet exorcisme, car le héros plonge les racines de sa vocation littéraire dans la perversion savourée de ses ténébreuses origines. Ce qui frappe, c'est la sûreté d'une main d'écriture qui ne s'écarte jamais du ton étouffé et rageur qui lui sied comme une arme de poche. Les deux parties du roman (intitulées «L'incubation» et «Le temps qui court») cherchent en vain l'articulation d'un passé immonde à un présent qui ne peut s'en détacher, même au prix de toute la fureur du monde. Comment ne pas rapprocher cette violence des textes grinçants signés Chamberland, Major, Renaud, et qui s'écrivaient au même moment autour de la revue *Parti pris*? Contrairement à l'esprit du temps, *Faire sa mort* n'est cependant pas écrit en joual. En ce sens, Pierre Turgeon doit autant à Robert Charbonneau et à Paul-Émile Borduas qu'aux jeunes écrivains de sa génération. Le temps de la chronique est d'ailleurs plus celui des aînés que des contemporains. Quant à la langue, elle semble plus appliquée à articuler d'obscures vérités morales qu'à dévoiler les tourments populaires de l'acculturation: «La cruauté demande un long apprentissage.» «Aujourd'hui chacun doit oublier la morale, ou bien crever.» «Nous n'avons plus d'avenir et toutes les attitudes se valent.»

On peut se demander ce qu'une lecture actuelle va vouloir ajouter à ce texte ou ce qu'elle va peut-être choisir d'en oublier. Car tout ce qui appartient à l'horizon éloigné d'un âge à moitié grignoté par l'irréparable outrage est-il encore lisible par les nouveaux lecteurs de la présente édition? Et c'est très bien ainsi, s'il est vrai que lire permet aussi à chacun d'inventer sa propre mémoire. Après tout, n'est-ce pas ce que Pierre Quillevic tâche lui-même de faire dans les pages sulfureuses de cette auto-biographie fictive?

Réjean Beaudoin

La vie est un sous-élément
Antonin Artaud

PREMIÈRE PARTIE

L'Incubation

Pratique de la cruauté

Je ne sais à quelle époque ce Normand, dont le sang coule encore en moi, s'embarqua pour la Nouvelle-France, mais le front buté, les yeux étroits et durs, le cou épais de mon grand-père incarnent assez bien ce type de conquérants qui ignoraient la grandeur de leur tâche, y voyant tout juste un moyen de s'enrichir. Vincent épousa par intérêt la fille d'un buandier : nerveuse, fantasque, dépensière, elle avait pour nom Suzanne. Un amour commun du lucre et les enfants qui naquirent sans discontinuer durant une dizaine d'années donnèrent une apparence de solidité à cette union de querelles et de tromperies.

À six heures tous les matins, ma grand-mère empilait dans sa culbuteuse le linge crasseux, crotté, graisseux, à ne pas prendre avec des pincettes ; elle ouvrait les conduits de vapeur pour les presses-repasseuses, étiquetait les vêtements lavés la veille. À sept heures, les ouvrières entraient dans l'immeuble noir de suie ou elles travailleraient sans répit, dans une chaleur insupportable, parmi le halètement des machines et l'odeur acide des détergents. Ces filles habitaient Saint-Malo, le quartier pauvre de

Québec ; sans instruction, ni diplômes, ni beauté, elles vivaient dans la terreur de Suzanne, virago qui connaissait les fornications de chacune et n'hésitait devant aucun chantage si elles ne nettoyaient pas le nombre minimum de chemises indiqué sur une affiche de carton cuir, nombre qui variait selon l'affluence des clients et l'humeur de ma grand-mère. À force de chicaner, de gesticuler, de comploter, ma grand-mère vit son entreprise grandir, les succursales et les camions de livraison se multiplier. Mais, en dépit de sa fortune, elle ne put s'immiscer dans les milieux huppés, qui la considéraient comme une parvenue, une ouvrière enivrée par un succès rapide. J'ai connu ces grandes maisons à pignons, à lucarnes, où la voix étouffe entre des murs épais, dans des pièces où ne filtre qu'une lumière maladive à travers les stores flamands et les rideaux damassés ; maisons où demeuraient ces jacasses, ces jobards, ces bouchés à l'émeri, cette aristocratie de Québec : notaires, médecins, avocats, tous bons apôtres qui allaient en somnambules leur vie durant, qui prêchaient la soumission à l'occupant, qui puaient l'encaustique, la naphtaline et les confessionnaux ; je les ai assez connus pour apprécier combien ils devaient mépriser la pétulance de grand-mère, emmitouflée dans ses pelisses extravagantes, coiffée de ses chapeaux cloche à aigrette rouge, parfumée, enrubannée, parlant haut et cru, croquant du curé et goûtant de l'homme. Un peu avant la guerre, dépitée de sa mise en quarantaine, elle alla jouer les rastaquouères en Europe et en Asie. Mais cette liberté, cinquante ouvrières l'assuraient et neuf marmots disséminés dans des pensionnats en étaient la rançon. Quand mon père s'envola dans l'aviation, il fuyait la ratatouille, les claquoirs et les verges des religieuses. De sa mère il gardait simplement les cris, les malédictions. En fait cette femme versatile n'aimait pas ses enfants et, plus tard, elle conseilla tout uniment à ma mère d'avorter, de tromper Édouard.

Je conserve dans ma chambre une photo de mon père en uniforme d'aviateur. Il a les cheveux crêpelés, les yeux doux, la bouche tordue en un demi-sourire. Ni son calot, qu'il porte crânement sur le côté droit, ni sa vareuse avec ses contre-épaulettes, n'effacent l'allure féminine de ses joues lisses, surtout de ses lèvres roses, luisantes, comme entrouvertes de plaisir et découvrant deux incisives supérieures.

* * *

Revenant d'une permission à la ville voisine, Édouard montra son laissez-passer à la sentinelle qui lui ouvrit la grille sans un mot. Une allée en macadam filait entre les baraques de rondins jusqu'à la piste d'atterrissage semée de feux rouges et bleus. Un crépitement s'accéléra, devint grondement, et la silhouette noire et trapue d'un Lancaster roula pesamment vers l'extrémité du terrain. Édouard crispa les mâchoires. Jamais il ne piloterait. Pourtant, quand l'instructeur projetait sur l'écran, l'espace d'une seconde, un Messerschmitt ou un Junker, il les identifiait aussitôt et il réussissait toutes les épreuves athlétiques. Cependant il avait échoué aux examens théoriques, faute de comprendre l'anglais. Et comme il récriminait, son professeur l'avait observé avec mépris en disant :

— *Why are you French ?*

Cette réplique, tout le camp l'employait maintenant en guise d'argument irréfutable contre les plaintes des quelques Canadiens français de l'escadrille. À cause de l'excellence de sa vue et de ses réflexes, Édouard occupait le poste le plus dangereux, celui de mitrailleur de queue.

Il regardait le Lancaster décoller, lorsque trois hommes surgirent de l'ombre et l'enveloppèrent. Un escogriffe au nez bourbonien lança avec morgue :

— *You stupid French, what...*

Un coup de poing sur la pomme d'Adam l'interrompit et il s'écroula en gémissant. Édouard esquiva le crochet d'un sergent grassouillet et lui écrabouilla le bas-ventre de la pointe du soulier. Restait le troisième adversaire qui, le visage emperlé de sueur et le souffle court, brandissait un couteau à cran d'arrêt.

— Il crève de peur, songea Édouard.

Et ramassant son calot, il continua lentement son chemin. À un frôlement de pas sur le gravier, il crut que l'autre attaquait et il se retourna brusquement, bras et jambes écartés. Un officier, la badine sous l'aisselle, lui cria :

— *Come here, Frenchie !*

L'homme au couteau s'était éclipsé, et le capitaine rouge de colère l'avait sûrement vu.

— *So you're a tough guy*, hurla-t-il à Édouard figé au garde-à-vous.

Les deux blessés se redressaient en geignant. Un bruit de moteur, d'une note aiguë.

— Spitfire, pensa machinalement mon père.

On le condamna à dix jours de corvée et de cellule. Il astiquait le plancher des latrines. Quand celui-ci reluisait, un sergent y renversait comme par hasard un seau d'eau sale. Édouard recommençait en silence mais, une fois seul, il martelait les murs de rage. Un soir, le soldat qui lui tendait une assiette de haricots lui souffla :

— *Better watch yourself when you'll be out.*

Ainsi on le provoquait encore, et s'il se défendait, on le renverrait au cachot. Les insultes et les brimades ne l'humiliaient pas : elles étaient de mise entre races ennemies. Il se méfiait davantage des Anglais qui pactisaient, témoignaient de la sympathie aux Français.

La neige dansa soudain à la lueur des fenêtres, qui découpaient la cour en carreaux blancs et noirs. La joie inonda Édouard qui passa son visage entre les barreaux, ouvrit la croisée, aspira l'air froid qui avait l'odeur même de la liberté. Son enfance parmi les sœurs dont les ongles de rapaces le laceraient jusque dans son lit lui remonta à la gorge, mais aujourd'hui comme en ce temps-là, la première neige effaçait le passé de son vide éblouissant, elle était la bénédiction et le pardon du ciel.

— *Close the window, I'm getting cold*, supplia un petit Juif que la police militaire avait coffré pour désertion.

Édouard recueillit la neige qui fondait sur l'appui de la fenêtre. Lorsqu'il s'en frotta les yeux, il sut qu'à sa levée d'écrou il filerait à Québec.

— *Go to hell*, répondit-il au petit Juif qui claquait des dents.

À sa descente du train, Édouard héla un taxi et lui indiqua l'adresse de ses parents. La ville enneigée ressemblait à un gâteau à la crème, avec des rues en chocolat et un soleil nordique que son déclin enrobait de sucre candi. Habillé en civil, Édouard dévorait des yeux les maisons de caramel et de pistache, et il reconnut la demeure familiale à son pain d'épices baignant dans une lumière onctueuse et sucrée. Comme il sortait de la vieille Packard couleur rouille, l'enchantement se rompit : le froid le cravacha, le décor se durcit, soudain pur et tranchant. Les rares promeneurs filaient vers la chaleur de leur foyer avec l'alacrité des truites au sein des ruisseaux glacés. Contre une porte-fenêtre vint alors se coller le corps maigre et osseux de Suzanne. Les yeux de la mère, vêtue d'une ample robe noire lisérée d'or, et ceux du fils se croisèrent un instant ; Édouard — illusion ou réalité ? — vit les traits de Suzanne se déformer, sans doute à cause du voilage infléchissant les rayons lumineux, jusqu'à devenir ceux d'une sorcière, telle qu'on en voit dans les albums d'enfant. La vision disparut, et sans le frémissement de l'étamine, il aurait pu se croire victime d'une hallucination.

Il entra dans le vestibule où deux miroirs en vis-à-vis s'amusèrent à le rapetisser à l'infini ; grimpa l'escalier en colimaçon menant à sa chambre sans prêter attention aux imprécations qui fusaient çà et là. Tout à coup, un géant au visage porcin, aux yeux en vrille, lui coupa le chemin en empoignant les deux rampes de fer forgé.

— 'Ti-coune, cria-t-il avec joie, hé les gars, 'Ti-coune est ici !

Les portes du rez-de-chaussée vomirent un peuple étrange. Édouard s'assit sur une marche et considéra ses frères qui se rassemblaient dans l'immense salon. Ils étaient douze à dégager la même odeur de tabac, de bière et d'urine, à présenter les mêmes épaules carrées et les mêmes yeux gris. Édouard les exécrait.

— Où est Louis ? demanda-t-il.

— Mort d'un cancer des poumons, répondit quelqu'un avec un sourire de furet.

— Comment la mère a-t-elle pris ça ?

— Tu la connais, grogna le colosse derrière lui.

— Et le père ?

Quelques mentons lui désignèrent un vieillard incrusté dans son fauteuil et qui lisait, enveloppé de la fumée de sa pipe.

— Papa, cria quelqu'un, 'Ti-Coune est revenu avec la *Victoria Cross*.

Des rires jaillirent lorsque Vincent Quillevic leva vers Édouard des yeux morts et expectora dans un large crachoir de cuivre. Puis on n'entendit que le tic-tac d'une horloge de parquet et le groupe se dispersa en silence. Édouard reprit sa mallette et interrogea son frère qui montait l'escalier couvert d'une haute laine incarnat.

— Armand, est-ce qu'on peut voir la mère, à cette heure?

— Tu veux la téter? ça ne marchera pas, elle est trop baise-la-piastre.

— Je veux seulement lui parler de Christine, dit l'autre qui ouvrait la porte de sa chambre.

— Elle couche? questionna Armand d'une voix égrillarde. Édouard lui pinça le cou.

— Répète jamais ça, mon gros!

— Je ne te comprends pas, 'Ti-Coune, fit l'autre, en s'éloignant avec des hochements de tête.

Édouard vida d'un coup sa mallette sur le lit, se lava le visage dans un petit lavabo, fit jouer un disque de Caruso et se coucha au milieu de ses vêtements.

Le lendemain matin, un grognement éveilla Édouard en sursaut. Un rat de bonne taille, au pelage luisant, fixait sur lui des yeux rouges et incandescents, avec une méchanceté à ronger une bouche d'enfant. Ramassé en boule sur l'édredon, il courut derrière une armoire dès que mon père l'eut menacé de son oreiller. Un aspirateur modula sa chanson triste. Édouard se leva. Dans la rue une auto-patrouilleuse passa si lentement qu'il craignit qu'elle ne s'arrêtât devant chez lui. Tout en mettant son veston à côtes, il pensa: «Je ne puis loger ici davantage, la police militaire va sûrement perquisitionner, interroger les voisins».

Une fois dans la cuisine, il salua distraitement la bonne et quelques étrangers, probablement invités par ses frères, bâfra deux tartines au beurre d'arachide et sortit dans la cour où stationnaient une cinquantaine de camionnettes bleues et blanches. Un essaim de chauffeurs en livrée sortirent d'un grand bâtiment et montèrent dans les véhicules. Un clocher sonna huit heures. Édouard pénétra dans une salle où s'alignaient des œufs en métal vert-de-gris, hurlant et vibrant comme des guêpes. Des jets de vapeur sifflaient dans la pénombre tandis que des ouvrières empilaient le linge dans de grands bassins, dont elles refermaient ensuite les portes de service vitrées. Les vêtements, agités d'un mouvement rotatif, prenaient l'aspect d'algues noires, et, parfois, du brassage de couleurs et de tissus, naissaient des paysages ou des faciès de rêve.

Près d'une presse-repasseuse, Suzanne rudoyait une adolescente qui avait roussi un jupon. Édouard lui demanda un entretien. Elle le bouscula vers un bureau insonorisé.

— Que veux-tu, 'Ti-Coune ? demanda-t-elle, les mains sur les hanches, avec un frémissement impatient des cuisses.

— J'ai déserté, la mère, il me faut une cachette.

— Va au diable !

Édouard lui tordit les poignets et murmura :

— Tu vas m'aider, la mère.

Elle lui jeta un trousseau de clefs qui traînait sur le pupitre.

— J'ai expulsé un de mes locataires de la rue Saint-Jacques.

Édouard parti, elle suça longuement sa chair où les doigts de son fils avaient imprimé quatre croissants écarlates.

La sortie du cinéma. La foule se bouscule, piétinant la neige noircie qui traîne jusque dans le foyer. Il y a des notables engoncés dans leur manteau noir et qui toisent les ouvriers claquant les fesses de leur compagne ; des fonctionnaires, un peu sournois, comme s'ils sortaient d'une maison close ; des militaires en permission, l'œil allumé par les jolies ouvreuses en uniforme rouge. Déjà une lignée se forme pour le dernier spectacle. Les portières des autos s'ouvrent pour laisser s'engouffrer des femmes recroquevillées de froid.

Édouard tient Christine par le bras et court, chassé par la rafale qui soulève les basques de son manteau. Des réverbères crèvent, de place en place, l'obscurité, et la neige, comme une frondaison lunaire, s'accroche à eux. Au bout de la rue, enchâssée de ses pesantes murailles, la porte Saint-Denis sous l'arc de laquelle des chalands maussades attendent le trolley-bus.

— Tu es un drôle de type, fait Christine un peu essoufflée, pourquoi aller seuls au cabaret, au lieu de nous joindre au reste de la bande ?

— Je te l'ai dit : par haine de la foule.

Devant eux se balance une enseigne rouge et jaune, étincelante de glace, portant ces mots en lettres de style moyennâgeux : «Au Quartier Latin». Édouard tire la porte ornée de ferrures. À l'intérieur quelques rares clients rêvent sur des banquettes qui courent le long des murs garnis de miroirs biseautés et d'appliques. Mon père et Christine s'assoient dans des fauteuils pivotants.

— Un vrai saint Jean-Baptiste, un ermite, plaisante-t-elle en ébouriffant Édouard, tu as même les cheveux bouclés de l'emploi. Et qu'allons-nous boire pour passer le temps ?

Édouard commande deux bières.

— Maintenant, dit Christine en allumant une cigarette, dites-moi comment vous avez obtenu cette permission que, dans vos lettres, vous jugiez impossible ?

— J'ai pris la fuite. Et non par lâcheté : la guerre et le meurtre me plaisaient... beaucoup trop.

— Est-ce la raison de votre désertion ?

— Ça, et autre chose.

Il examine ses mains énormes posées à plat sur la table en fer-blanc.

— Durant mon enfance, on m'a battu, bafoué méthodiquement. On voulait m'abâtardir... oui, ma sœur ; merci, ma sœur. Et un jour, tu en as assez d'implorer, de présenter la joue droite. Tu apprends la férocité, comme eux. Les murs qui te resserraient s'écroulent.

Le garçon leur sert leur consommation. Une musique à la mode joue en sourdine. Christine, le bas du visage caché par son verre, observe Édouard avec une curiosité inquiète.

— La cruauté, poursuit-il, demande un long apprentissage. D'abord, il faut que tu haïsses ton corps. Tu brises les miroirs, ces symboles du narcissisme immémorial des hommes, et te déchires les joues et le front avec un éclat de verre. Quand tu ne peux te voir en peinture, que tu es à couteaux tirés avec toi-même, tu deviens impitoyable. Hitler doit être ainsi.

Il fait signe au serveur d'apporter une autre bière.

— Alors, continue-t-il, tu perces avec une vrille le front de ton ennemi. Une gelée couleur pituite en dégouline. Dans les plis et les boursouflures de ce cerveau écervelé grouillent les pensées qui conspiraient contre toi. Tu boutes le feu à cette vermine. Tu as brisé tes dernières chaînes. Aujourd'hui chacun doit oublier la morale, ou bien crever. Pas de pitié pour les infirmes. Seulement, la tendresse, la charité, le pardon nous empestent l'existence.

— Et cet ennemi, que vous a-t-il fait ?

— Elle m'a donné le jour.

— Quoi, votre mère ? s'écrie Christine.

— Oui, mais vous ne pouvez pas comprendre. Elle n'a qu'une ambition, nous détruire, nous, ses fils. Et j'ai peur qu'elle n'y arrive.

— Avec tant de fiel, comment pourriez-vous m'aimer ?

Il lui caresse les mains avec une ferveur presque maniaque.

— Je ne sais pas, vous êtes un miracle. On ne retrouve l'aube qu'en traversant la nuit, peut-être l'amour se cache-t-il au bout de la haine. Une fois qu'on a brûlé les saletés... Ah Christ, je me creuse les méninges en vain. Je voudrais te dire tant de choses magnifiques... tu es belle comme une jupe propre, tes yeux sont profonds comme ma cuve de savon, tes cuisses — oh, pardon, tu te respectes, bien sûr t'es pas la putain du coin — mais ta peau douce comme une chaise après l'ouvrage ; ta taille mince comme un cintre ; tes cheveux empesés ; tes lèvres, tiens tes lèvres, chaudes comme un fer à repasser.

Elle note, rose de plaisir.

— Vous avez trop bu, mon cher buandier !

Une troupe de lurons envahit les lieux en criant et en se bousculant. Un adolescent boutonneux s'exclame :

— Édouard Quillevic, quelle surprise ! Que fabriques-tu à Québec, ô as de notre invincible et royale aviation ?

Les lèvres de mon père se tordent en un rictus.

— Tu viens ? ça pue ici, dit-il en repoussant l'importun qui lui empoigne le bras.

— Où allons-nous ? dit-elle, en enfilant son manteau.

— Ma mère m'a prêté un de ses logements pour m'y cacher en attendant mieux.

Alors qu'ils s'esquivent, on clame à la radio que la VIe armée du général Von Paulus est encerclée à Stalingrad.

— Voilà quatre mois qu'on le répète, grogne Édouard en haussant les épaules.

Dehors le froid entre dans la bouche, meurtrit les gencives, se plaque contre vous comme le souffle d'un incendie. Ils prennent un taxi jusqu'à une masure de deux étages, flanquée d'une gargote et d'un terrain vague où se dresse un panneau-réclame de Coca-Cola, grimpent un escalier vétuste et suivent un couloir plein de locataires qui s'engueulent à propos d'un certain boucan nocturne.

— On a bien le droit de s'amuser un peu, crie une jeune femme en guenilles à un maigrichon qui menace de la gifler.

Les deux amants pénètrent dans l'appartement imprégné d'une odeur âcre de tabac et de sueur. Une pipe traîne sur un guéridon à côté d'un paquet de cartes crasseux et de chandeliers dépareillés. Représentant des avions en piqué, des chromos ressortent de la nudité des murs. Le couple se met sur un canapé-lit. Ma mère a des yeux bleus, et splendides, rieurs, pittoresques, qu'elle enfonce gentiment dans ceux d'Édouard; il sent chavirer son cœur. Il la câline, la baisote, la mange de caresses. Bref, ils filent le parfait amour, lorsqu'un bruit sourd et rythmé retentit. Les locataires se taisent. Des coups violents ébranlent la porte de la chambre. Empoignant un tuyau d'acier qu'il dissimule derrière son dos, Édouard ouvre, roide et austère dans un manteau noir, Suzanne, entourée de plusieurs policiers, le montre du doigt.

— Voilà mon déserteur et peureux de fils. Punissez-le. J'ai fait mon devoir de mère et de citoyenne.

Elle s'incline sèchement, puis, après une œillade de mépris à Christine qui, toute confuse, lisse l'organdi de sa jupe, elle s'éloigne rapidement. Déjà on bouscule vers la sortie Édouard qui a lâché son arme avec un sanglot. Dans la rue ses chaussures s'emplissent de neige. Avant qu'on le précipite tête première dans l'auto-patrouilleuse, il entrevoit

Christine, échevelée, le corps raidi, qui lui lance du seuil de la maison :

— Je t'aime.

Les phares clignotants, qui ensanglantaient les façades sur leur passage, et les sirènes, comme une meute de loups, regagnent la nuit. Sentant qu'on l'observe, Christine découvre Suzanne qui ricane silencieusement, le nez collé à la vitrine de la gargote voisine. Parce qu'un tableau noir, où on a indiqué le menu du jour, lui cache le tronc, on dirait une tête coupée, aux traits vipérins.

— L'ennemie, pense Christine machinalement, et elle rentre chercher sa pelisse, sur le canapé-lit.

Le cavalier au tricorne

Édouard fut condamné à pourrir durant six mois dans un détachement disciplinaire. Il dormait nu, enveloppé dans une couverture étendue à même le plancher. On l'éveillait à l'aube, il cassait des cailloux le long des routes. Dans ses lettres à Christine, il s'en tenait à des généralités. Elle le consolait par l'espoir d'un grand amour et se réjouissait qu'il fût en sûreté, loin de la guerre. Son père à elle, malgré le rationnement de l'essence, voyageait beaucoup dans une limousine fournie par la société dont il était le directeur. Aussi put-elle le persuader de la laisser pousser jusqu'au camp où l'on gardait Édouard.

Un mur de briques couleur sang de bœuf enclôt le pénitencier, dont la façade fuit devant un ciel orageux. Quelques mauvaises herbes verdissent les pavés disjoints de la cour.

— À tout de suite, Alphonse, fait Christine au chauffeur en livrée qui vient de lui ouvrir la portière.

Barreaux maillés suintant d'humidité, ampoules blafardes éclairant des corridors en enfilade.

On l'introduit dans une salle reluisante d'encaustique. Des poutres d'acier se croisent au plafond. La lumière terne, les murs aveugles évoquent une ville souterraine où l'air est difficile à respirer. Les sons, même les plus familiers, consternent et intimident.

Elle est seule maintenant. La soie pékinée de ses vêtements la gêne. Elle se voudrait toute simple, comme les sentiments qui l'habitent. Une porte blindée claque derrière elle. Truculent dans son uniforme rayé, Édouard tient son calot dans des mains aux ongles noirs de terre.

— J'ai souvent pensé à vous, fait-elle, ma famille se moque de moi, je n'ai que votre nom à la bouche.

— Comment va votre ami Pascal ?

— Je ne le vois plus.

Aussitôt elle rougit de ce mensonge, découvrant dans les yeux sombres, le menton carré d'Édouard, une violence que la timidité de ce dernier lui avait jusqu'alors cachée.

Lui, rêveur :

— Bientôt je vous inviterai à un bal, chez moi. Toute la ville s'y presse. On y sable le champagne... Vous avez une cigarette ?

Elle lorgne la pendule. Il ne leur reste que trois minutes. Il se rengorge :

— Papa a du foin dans ses bottes. Un de ses fils vient de se marier et il gagne déjà gros à la buanderie. Mon épouse, ajoute-t-il en aspirant goulûment la fumée, je la vois comme vous : belle, assez posée pour ne pas courir la débauche... et je ne suis pas mauvais diable.

La serrure grince. Un gardien ordonne à mon père de le suivre.

— Voulez-vous de moi comme mari ?

— Certainement. Et, marquis, je vous permets de me tutoyer.

— Et vos... tes parents ?

— Je les convaincrai. De toute façon je suis majeure.

Une fois dans l'auto, tandis que l'orage creuse des sillons dans les champs de Bâle, elle ouvre la glace qui la sépare du chauffeur :

— Alphonse, je suis heureuse !

Guillaume Séchaud refusa net que sa fille Christine épousât un déserteur. Se méfiant du grand train de la famille d'Édouard, il engagea un enquêteur privé. À farfouiller durant quelques semaines, celui-ci exposa le trompe-l'œil de tout ce luxe. Au dire de certains, les Quillevic endettés volaient l'impôt impunément grâce à la protection de quelques hauts fonctionnaires. Après qu'Édouard eut été réformé, il essuya les camouflets de ses futurs beaux-parents, fit antichambre des heures pour apprendre que Christine était absente.

Ils se rencontraient en cachette, déambulaient à travers les parcs jonchés de feuilles mortes sur lesquelles ils se couchaient côte à côte, les yeux rivés sur les nuages immobiles au-dessus de la falaise ; ou bien, dans un sous-bois des plaines d'Abraham, ils parlaient de leurs enfants. Un soir, ils remontèrent ensemble une rue étroite, souillée de crottin, bordée de maisons à fenêtres mansardées. Des enfants se chamaillaient comme des moineaux autour d'une miette de pain. Un jeune homme, pâle et maigre, le front caché par une mèche de cheveux, chantait une complainte. Une petite fille blonde se faufilait parmi les spectateurs en faisant sonner quelques sous au fond d'une timbale. Se tenant par la main, ils tournèrent dans une ruelle escarpée qui menait à la haute ville ; le disque jaune du soleil couchant, qui semblait posé sur la chaussée, et le son d'un marteau sur l'enclume firent croire un instant à Christine, par leur limpidité d'âge d'or, que, de ces portes cochères encore surmontées de blasons fleurdelisés, surgirait un cavalier coiffé d'un tricorne, revêtu d'une redingote bleu ciel. C'était comme si le monde, rajeuni par la vertu de l'amour, s'ébrouait après un long cauchemar.

Christine évoquait sans cesse ces brefs instants de bonheur avec la conviction qu'ils lui peignaient son avenir, celui d'Édouard. Un soir, dans un autobus, celui-ci rossa deux voyous qui avaient blasphémé ; puis blême de rage, s'asseyant sur la banquette :

— On devrait fouetter ces impies.

Devant son regard assombri, ses lèvres qui tremblaient, Christine n'osa le gronder, de peur qu'il ne sanglotât. Dans les soirées dansantes ou les parties de campagne, il donnait le branle par des calembours et des facéties. Drôle à l'instar des fous du roi, il racontait de façon à se tourner en ridicule.

— Après que nous eûmes transporté ces billots durant toute la journée, faisait-il, les religieuses tirèrent au sort un bonbon. Ce fainéant d'Arthur gagna, qui enfermait dans ses tiroirs des berlingots, des caramels, du chocolat, et qui était gras comme une baleine. Moi qui avais trimé comme quatre, je reçus une paire de gifles pour avoir crié à l'injustice.

Il acheta un appareil photographique. Ma mère lui servait de modèle. Certains clichés la montraient avec une voilette, en tailleur noir boutonné jusqu'au cou ; d'autres couchée sur un lit à baldaquin, en déshabillé vaporeux.

Sur ces entrefaites, Suzanne revint de l'île de Bali que la lecture d'un roman exotique l'avait incitée à visiter. Tandis qu'elle défaisait ses malles pleines de bijoux de toc, de statuettes de Bouddha et de tissus bariolés, sa femme de chambre bavardait, qui rangeait dans la penderie les caracos fleuris et les sandales désormais inutiles :

— Ton mari ? Il sommeille dans son fauteuil-crapaud avec son éternelle pipe. Cette hermine, Suzanne, je la fais entreposer ? Tes enfants ont le diable au corps. Leurs amis entrent sans sonner, s'incrustent au salon, menacent de tout casser pour qu'on leur serve de l'alcool.

Élie s'agenouilla, plia avec soin un boléro à pois au fond d'un carton, et, se redressant, des boules de naphtaline au creux de la main :

— Quant à ce coquin d'Édouard, il fréquente Christine Séchaud et, d'après moi, couche avec elle.

L'autre l'interrompit :

— Le père de cette Christine est riche, non ?

— Bien sûr, mais il fait la fine bouche, paraît-il, et ne veut pas de ton fils comme gendre.

Suzanne alluma une cigarette et endossa un peignoir :

— Prépare-moi une robe. Je sors. Ce snob de Séchaud verra bientôt de quel bois je me chauffe.

Un homme de paille

Mon aïeul maternel, Guillaume Séchaud, naquit le premier janvier 1889, dans un quartier pauvre de Montréal. Son père Aristide l'initia aux gestes séculaires du menuisier. Dans son échoppe, la scie, la varlope et le marteau grinçaient, crissaient, tintaient sans débrider. L'odeur forte de la colle imprégnait jusqu'au jupon de sa femme.

Le soir, entre la poire et le fromage, les vieux racontaient les années de la Grande Noirceur et les crimes des loups-garous.

— Vous en inventez de belles, pépère, répliquait Aristide en se signant.

Une grande croix noire, sous laquelle s'entrelaçaient des rameaux poussiéreux, tranchait sur le plâtre des murs. La femme et l'enfant se couchaient, tandis que les hommes buvaient à tire-larigot, avec de gros jurons. Un jour, on ramena Aristide ensanglanté. Pendant une partie de chasse, son beau-père lui avait logé une balle dans l'épaule droite. On l'étendit sur une table. Comme il refusait qu'on l'amputât, le cœur lui-même se gangrena et Aristide partit pour le royaume des taupes.

Une grand-tante, vieille fée pudibonde, recueillit la veuve et son fils. Elle commit Guillaume à la livraison des toges et des soutanes qu'elle avait taillées ou raccommodées. Il sonnait à des maisons devant lesquelles stationnaient des landaus attelés de pur-sang noirs ; entrait, casquette à la main, dans des salons éclairés de lustres dorés ; s'agenouillait pour draper les robes de magistrats parfumés et rasés de frais. À la rentrée des classes, sa grand-tante Émilie le déshabillait, le jetait dans une cuve remplie d'eau chaude pour le laver avec une brosse à crins durs et du savon noir. Une fois bichonné et endimanché, il partait quêter des livres de classe chez des bigotes déjà catéchisées en sa faveur par monsieur le curé. Quand il eut quatorze ans, Émilie lui tâta les muscles et l'envoya travailler comme manœuvre dans le port. Son instruction se limitait à une teinture de grammaire et d'arithmétique. Mais depuis qu'il avait frôlé le gratin, Guillaume avait les dents longues. Assis sur une bitte d'amarrage, étourdi par le fleuve, le mugissement des bateaux et la cohue des voyageurs s'embarquant pour l'Europe, il dévorait son goûter et se répétait les paroles de son grand-père :

— Tu es noble, pas de condition, mais de caractère. Dans ce monde d'écœurants, c'est souvent zéro. Mais je sens que tu feras fortune.

À force de décharger les navires, il prit du biceps. Sous sa tignasse rousse, ses yeux d'un bleu délavé lorgnaient insolemment les dames enrubannées. À la vue des blancs-becs coiffés de gibus et affublés de redingotes noires, pressant le pas à côté des ouvriers qui se tapaient les cuisses et leur criaient des obscénités, il ruminait la veulerie de ces derniers, trop intimidés pour cogner sur leurs faibles exploiteurs. Le samedi soir, Guillaume et ses camarades festoyaient sur une terrasse dominant le fleuve. Des baraques s'y alignaient, des réverbères réunis par des guirlandes de fleurs en papier peint. Quand tombait la nuit, des lanternes chinoises projetaient des lueurs jaunes et bleues sur les visages rieurs des jeunes filles qui déambulaient en tortillant des hanches. Dans les cafés-concerts, les orchestres battaient la mesure d'un cari-cari, tandis que les danseuses retroussaient leur jupe sous les cris excités des spectateurs. La bière alourdissait l'air enfumé, les visages s'allumaient, les corps rompus s'étalaient sur les chaises et les banquettes. C'est durant une de ces fêtes que Guillaume rencontra Madeleine, ouvrière dans une filature de coton. Petite, mais faite au tour, elle roulait des yeux bruns sous un front étroit et des sourcils circonflexes. Bien qu'elle se laissât embrasser après le bal, elle se rebiffait dès que Guillaume la voulait coucher sur lui, au milieu d'un terrain vague.

Le débardeur songeait à se mettre en ménage, à cause de la décrépitude de sa mère et de sa grand-tante. La première, depuis une chute du haut d'un balcon, souffrait d'urémie et empestait l'appartement ; la seconde, presque centenaire, gonflait tellement, sous le coup d'une hydropisie, que ses mains eussent pu servir de miroir. Quant à la sœur de Guillaume, Louise, on la disait poitrinaire, et elle moisissait sur un transatlantique, face à une fenêtre

où mourait une lumière anémiée. Il cousait, blan-
chissait, cuisinait, sans cesse tenaillé par les trois
impotentes qui se le disputaient à belles dents,
comme des furies. Pour se hisser, il s'abonna à un
cabinet de lecture et, à la lueur d'une bougie, il lisait
d'une voix hésitante. L'électricité le passionnait, qui
suppléait maintenant au gaz pour l'éclairage des
rues. À l'aide d'un dictionnaire anglais, il potassa
un traité sur le sujet, puis s'engagea comme apprenti
chez un maître-électricien.

La famille de Madeleine habitait une maison
d'un jaune caca d'oie, entourée d'une clôture déla-
brée. Des poules picoraient jusque sous la porte
grillagée. Quelques châtaigniers languissaient dans
la cour rocailleuse, dissimulant la fosse d'aisance et
un tas de sarments jetés pêle-mêle sous l'appentis.
Ancien capitaine de remorqueurs, le père asthma-
tique avait quitté le port et ses brouillards glacials. Il
traînait dans le quartier, flirtait avec les femmes des
voisins, bêchait sans conviction un jardin potager.
La mère prêtait à la petite semaine, maquignonnait,
intriguait, dévorée par l'avarice et l'envie. Les jours
de paie, elle guettait, enveloppée dans un châle noir,
la route poussiéreuse qu'empruntaient ses enfants,
fourbus par l'usine. Si, entraînés par des camarades,
ils avaient trop dépensé à la taverne, elle leur défendait sa porte. Les malheureux dormaient sous le
perron, s'éveillaient transis et fiévreux.

Un soir, Guillaume invita Madeleine au théâtre.
La caissière, les ouvreuses, le régisseur, tous le
saluaient comme une vieille connaissance. La pièce,
intitulée *L'Incendiaire,* décrivait une insurrection

fomentée par un révolutionnaire messianique. Après le dernier acte, Guillaume lui demanda si cela lui plaisait.

— Oui, fit Madeleine.

— Tant mieux, je suis l'auteur.

Et, à l'appel de son nom, il grimpa sur les planches, rouge de plaisir, froissant sa casquette de feutre gris.

Dans la buvette, il lui parla d'une voix sourde et lente, les coudes sur la table graisseuse :

— Je me suis longtemps battu, ignorant pour quoi et contre qui. Des échauffourées avec des Irlandais, d'où je sortais meurtri, mécontent de moi-même. À lancer des briques, à casser des mâchoires, je retrouvais toujours les mêmes injustices, aggravées par ma violence. Alors j'ai compris. Lutter, mais avec ça !

Il se frappa le front.

Madeleine le guignait, troublée par ces lèvres minces, ce nez d'oiseau de proie. Dans le tramway, il s'enthousiasma sous le regard admiratif de son amie. Si des lectures mal digérées sur *l'Internationale* et les syndicats lui tournaient la tête, il construisait de sens rassis un plan fort simple pour s'enrichir. De nombreux villages manquaient encore d'une centrale électrique. Il s'agissait de s'y installer avant d'éventuels concurrents.

— Nous leur montrerons, à ces ventrus, si le Canadien français n'est qu'un mouton, lança-t-il à sa compagne qui descendait du marchepied avec gaucherie, entortillée dans une jupe trop étroite.

Quand il entra dans son taudis et que l'odeur vireuse de sa mère lui mit le cœur dans la gorge, il se jeta sur son lit de sangle et mordit ses poings jusqu'au sang.

Le dimanche, Madeleine s'éveillait dès l'aube. Après la messe, célébrée par un jeune prêtre engourdi de sommeil, elle tuait une poule, la troussait et la mettait à la broche. Accroupie sur un petit tabouret de chêne, elle moulait le café. Bientôt le fumet de la volaille, qui rissolait, faisait grogner béatement la famille encore blottie sous les couvertures.

Ce matin-là la mère n'alla pas à l'église. Une fois les enfants partis pour l'office, elle enferma la dernière ventrée de chatons dans un sac qu'elle jeta sur les genoux de son mari.

— Va les noyer, fit-elle.

Il se leva mollement, traîna son fardeau sur les dalles et claqua la porte. Le front rougi par les bûches qui flambaient, Madeleine puisait avec une louche dans la lèchefrite et mouillait le croupion, maintenant d'un beau doré. Elle ne vit pas sa mère saisir une lanière de cuir. Le premier coup lui cingla la nuque, que ses cheveux, tordus en chignon, ne garantissaient pas. L'autre la battait dos et ventre, vociférant :

— Ah traînée ! Si tu crois que j'ignore ton dévergondage avec ce Guillaume de malheur ! Vous roucoulez jusque sous mes fenêtres. Tu vas aller à confesse, catin.

Madeleine, qui avait dingué sur le plancher, se redressa soudain. Les lèvres contractées d'un rictus, elle arracha le fouet à sa mère et la bourra de coups avec la régularité d'un automate. Le jour où, à douze ans, on l'avait vendue aux bourgeois du textile, la fois qu'elle avait entrevu les pièces d'or que ses parents gardaient dans une cassette, les bals où elle s'était produite dépenaillée, tout cela crevait avec un goût d'absinthe.

Quand le père revint, Madeleine, affalée sur une chaise, fixait un œil terne sur le poulet qui se calcinait, tandis que la mère geignait là-haut dans sa chambre.

— Je n'ai pas le cœur de tuer ces pauvres bêtes, murmura l'homme.

— Je m'en occupe, répondit sa fille.

Et avant de continuer jusque chez Guillaume, elle s'arrêta pour écouter le hurlement des félins qui s'entre-déchiraient au fond du puits.

On entrait dans l'appartement des Séchaud par un cabinet où Guillaume se cantonnait pour fuir les querelles domestiques. De ce bureau jusqu'à la cuisine, dont la fenêtre prenait vue sur une cour hérissée de poubelles et de détritus, régnait un couloir percé de deux portes dont les battants mal affleurés laissaient entrevoir des lits défaits et des commodes à la peinture écaillée. La première chambre, Guillaume y dormait seul ; dans l'autre s'entassaient les trois malades.

Comme il plongeait un drap dans le lavoir, on gratta à l'entrée du palier. Madeleine se glissa dans la pièce. Confus, il poussa du pied le tas de linge où se trahissait la misère malpropre des siens.

— Comment m'as-tu déniché ? demanda-t-il.

— Tes amis m'ont renseignée.

Et elle lui exprima son désir d'habiter chez lui pendant quelques jours.

— Pourquoi ne pas nous marier, alors ?

— Pourquoi pas ! dit-elle en haussant les épaules.

— Que fait cette étrangère ici ? lança une jeune fille qui venait d'entrouvrir la portière en bambou et dont le visage émacié, les jambes en échalas distillaient l'ennui et la tristesse. Elle n'avait qu'un filet de voix où cependant bouillonnait la colère, ainsi que dans ses mains effilées qu'elle tordait en faisant craquer leurs articulations.

Guillaume répondit :

— C'est ma future moitié.

Puis il tourna le dos à l'intruse. Une fois seul avec Madeleine, il lui expliqua :

— Ma sœur Louise, les médecins l'ont condamnée. Elle espère un miracle de saint Joseph et gravit à genoux les escaliers de l'Oratoire.

Mais assise à croupetons, les yeux révulsés comme par quelque extase, elle lavait les guenilles et ne répondait pas.

Avant le mariage de son frère, Louise veillait tard dans la nuit, épiait le moindre frôlement dans la chambre de Madeleine, de peur que les deux fiancés ne s'y étreignissent en secret. La tante Émilie et Madame Séchaud avaient la mort entre les dents, égrenaient souvenirs et plaintes, se désintéressaient de tous ceux qui se portaient comme un charme. Madeleine, qui les soignait, restaurait partout la propreté et, avec sa paie, achetait des simulacres de luxe : bibelots, abat-jour en carton gaufré et tentures bigarrées. Elle confia à Guillaume ses économies avec l'espoir qu'il les décuplerait.

La guerre éclata. Sur le pas des casernes, les pompiers tricotaient des bas pour les soldats. On arrêtait les jeunes gens dans la rue. Pendant les perquisitions, un frère de Madeleine se cachait dans une niche que masquait un énorme buffet. En tant que chef de famille, Guillaume évita la conscription. Maintenant associé à son ancien patron, il tirait profit des armureries qui réclamaient une énergie électrique toujours plus puissante. Se développait également chez lui cette emprise sur autrui, qui forçait ses voisins à le saluer d'un «bonjour, monsieur Séchaud». Il rangea sa casquette grise et se coiffa d'un chapeau melon. L'achat de câbles à haute tension le conduisit à New York. Parce qu'il avait voyagé sur des fondrières, qu'il lubrifiait son automobile à chaque étape, il descendit à l'hôtel tellement crotté que le portier le refoula avec dégoût. À son retour, il perdit sa route, échoua dans un repère de contrebandiers, s'enivra avec eux jusqu'à l'aube. Toute nouveauté l'enchantait: des canons de 75 mm aux engrais chimiques, de l'aviation à la photographie. Il se torturait l'esprit pour comprendre ce monde naissant qu'il entendait conquérir. Le babillage des siens le rebutait et il éprouvait la prévention instinctive de l'ouvrier contre l'intellectuel. Aussi mijotait-il ses projets sans desserrer les dents. Lorsque les machinistes de tramways firent tinter allégrement leur cloche et crièrent aux passants: «Les Allemands ont signé l'armistice!», Guillaume se mit en branle, mais à pas de loup, afin de ne pas donner l'éveil aux grandes compagnies. Il importa de l'outillage, des transformateurs qu'il entreposa dans une remise de banlieue.

La mort simultanée de sa mère et de sa grand-tante, emportées par une épidémie de grippe espagnole, le retarda un peu. On les inhuma le soir même, à cause de la senteur. Inconsolable, Louise se retira au couvent où l'attendait déjà une amie d'enfance. Puisque sa belle-famille la laissait maintenant en repos, Madeleine voulut bien d'un enfant. Son mari pleura, puis déménagea à Trois-Rivières pour construire près de là une usine électrique.

La rivière avait escarpé le flanc de la montagne et se brisait maintenant sur les rochers en vapeur irisée. En amont de la cascade, une construction cubique, d'un rouge flamboyant, s'enlevait sur des éboulements de schiste. Abrités par des prélarts, des tas de matériaux s'allongeaient près d'un barrage en béton. Sur une éminence, un enchevêtrement de tubes en porcelaine noire et de poutres vrombissait comme une sauterelle sur le point de s'envoler. Et jusqu'à l'horizon, des pylônes en treillis agitaient maladroitement leurs bras chargés de câbles.

Du haut d'une galerie vitrée, Guillaume surveillait la salle des machines, le ronronnement des turbines et les claquements des courroies. Les traits marqués, la taille épaissie, il avait endossé un gilet de laine à cause de l'humidité et, les mains en porte-voix, criait des ordres à un mécanicien. Il consulta une montre à chaîne, puis sortit sur une terrasse pour guetter le chemin crayeux qui serpentait au milieu de la forêt. Quelques minutes plus tard, une limousine émergeait des sapins et s'arrêtait silencieusement devant le perron. Ce fut Étienne qui ouvrit la portière. Un vieillard poupin le salua du menton et, sans sonner mot, le précéda dans l'usine. Après une inspection des aîtres, il suivit son hôte dans un bureau.

— Alors, monsieur Fulton ? questionna Guillaume.

— Vous allez nous vendre cela, dit le visiteur avec un accent anglais.

— Pas question !

— Ta petite entreprise, nous la briserons ainsi. Et il fit claquer ses doigts.

— Je ne déguerpirai d'ici que les pieds devant.

— Tutt, tutt, soupira l'autre, j'admire votre ténacité, mais il vous faudra évoluer, sinon...

Ce soir-là, Madeleine recevait quelques femmes chics. À part un valet, elle n'avait pas de domestiques : la dondon qui servait le goûter n'était qu'une surnuméraire. Une jeune fille très pâle, avec un ruban rose dans ses cheveux noirs, fit la révérence et se retira.

— Vous avez stylé votre Christine, gloussa une matrone.

— Elle va chez les religieuses, répondit Madeleine.

De toutes les invitées, pas une qui n'offusquât le regard par sa laideur. Celle-ci sommeillait, étageant un triple menton jusque sous un jabot de dentelle ; pour gazer une peau stigmatisée par la petite vérole, celle-là s'était couvert les joues d'un pied de rouge. Elles habitaient la rue des notables, méprisaient le peuple, (certaines ingénues conspuaient la bourgeoisie, comme si elles-mêmes ne comptaient plus leurs quartiers de noblesse), tuaient le temps par la calomnie et les bonnes œuvres. Au milieu de ces guenons, Madeleine avait la vigueur et la beauté du diable. Elle opinait aux inepties, observant la consigne de Guillaume.

— Tu comprends, avait-il dit, j'ai besoin de les endormir pour mieux les égorger.

— L'éclairage ne vous coûte rien, fit quelqu'un alors qu'on allumait les lustres.

Madeleine souriait dans le vide, relevant une mèche qui bouffait sur sa tempe.

— Elle est idiote ? reprit la même voix.

— Sourde. Depuis la naissance de sa fille, elle n'entend plus que de l'oreille droite.

Distinguant quelques mots, Madeleine acquiesça avec chaleur. Ces dames pâmèrent de rire. Guillaume entra à ce moment.

— Vous m'excuserez si je vous prive de votre hôtesse, mais le devoir avant tout.

Il grilla un cigare pendant que la maison se vidait.

— Votre enfant guérit-il ? Saluez le docteur pour moi.

— Quelle parlote, grogna-t-il, après avoir conduit la dernière notairesse.

Ne supportant pas le tabac, il éteignit son Havane, et :

— Fulton est venu. Je lui fais concurrence, paraît-il. Pas moyen de le bluffer et, comme c'est un magnat, je vends tout... à moins que le premier ministre ne m'épaule.

Avant de se coucher, il lui promit de consulter un spécialiste de l'ouïe ; au besoin, de lui acheter un cornet acoustique. Son affection pour elle était née avec Christine qu'il idolâtrait. Ils avaient ensemble monté la côte. Quand Mme Séchaud se souvenait de ses nuits passées dans les lieux d'aisance (faute de place où loger l'unique fille de la famille), du spectacle de ses parents accroupis pour se soulager, elle croyait en la bonne étoile de Guillaume, lui cédait en tout et se contentait de peu. Il la nommait bonheur parfait. Ils savouraient leur succès avec cette bonne conscience et cette rondeur qu'ils montraient en affaires. Plus instruit et donc plus vulnérable, Guillaume se triturait parfois avec l'idée de justice sociale. Il préférait tolérer la paresse et la malhonnêteté de quelqu'un plutôt que de le mettre à la porte.

Après une nuit blanche, il filait vers Québec où il se berçait de toucher son puissant protecteur. Il avait mal aux nerfs et conduisait malhabilement. Soudain il tourna sans raison dans un fossé. Sa portière était coincée. Il enjamba le pare-brise et rampa sur le capot. Les champs pétaient d'envols de cigales et de meuglements.

Il s'étendit sur l'herbe tandis qu'une roue de son automobile tournait à vide. Le ciel se moutonnait. Le vent s'excitait contre les ruines d'une étable. Des mots fusaient en Guillaume, mais ils ne franchiraient jamais ses lèvres; des mots dangereux qui parlaient d'amour et de mort. Mais son domaine, celui des muets. Et tout à coup l'ulcéraient ces collines et ces arbres qui s'enfonçaient dans le silence comme des crabes dans le sable. Il s'avisa que sa posture interloquerait les passants, se redressa. Au bout de quelques pas, il portait à nouveau un masque: celui du chevalier d'industrie. Quand une dépanneuse le remorqua, il avait trouvé le prix qu'il exigerait de son usine: une somme rondelette, bien sûr, et la direction de la «company» dans la région de Québec. Il ne se leurrait plus quant à l'aide du Premier Ministre: les politiciens s'abouchent toujours avec les plus forts.

Extrait d'un quotidien

«Le huit août 1932, M. Guillaume Séchaud a été nommé directeur général de la Sorel Power, compagnie membre du consortium de Trois-Rivières. Depuis près d'un quart de siècle, M. Séchaud personnifie le gars de chez nous qui réussit. Cette nomination a été accueillie avec grande joie.»

Comme le jusant

L'ambition avait été le moteur de sa vie et Guillaume périssait d'ennui dans la peau d'un fonctionnaire. Il pratiquait peu le monde et la lecture l'endormait. Pour se distraire, il chassait le gros gibier et racontait ses souvenirs à Christine. Il tenait à cette petite qui fleurait la lavande, à cette adolescente plongée dans Victor Hugo, à cette jeune femme dont le cœur et l'esprit gravitaient autour de lui. Sans elle l'avenir se bouchait. Aussi quand Suzanne, rentrée de voyage, l'obséda en faveur d'Édouard, elle s'épuisait en vain. Elle brandit les photos de Christine à demi nue. Il les lui arracha, les déchira et congédia la bruyante entremetteuse. Elle négligeait l'argument marteau, qui s'insinua d'ailleurs par lui-même dans l'esprit de mon aïeul: puisqu'il devait marier sa fille, pourquoi ne pas l'unir à cet incapable qui, sans métier ni pécule, dépendrait toujours de son beau-père et lui assujettirait du même coup Christine. Il n'énonça pas ce raisonnement, mais le pressentit. Il crut par la suite affranchir ou assister son enfant, lors même qu'il la garrottait et la desservait.

Pour la frime l'on décida qu'Édouard étudierait la photographie. Après le repas de noces, il s'exila donc à New York en compagnie de sa mère. Sur le quai de la gare, Suzanne se tourna vers une amie :

— Hein, je l'ai mise dedans, la Séchaud.

Quand les célèbres casernes poinçonnèrent le ciel de leurs mille damiers lumineux, que l'odeur de la mer se mêla à celle des égouts, les amoureux exultèrent. Cette ville serait leur nid, leur alcôve, leur fête foraine.

Lointain parent qui devait les héberger gratuitement, Dick habitait un immeuble qui menaçait ruine, au bout d'un dédale de ruelles. Ils défaisaient à peine leurs malles, que Dick exigeait une avance d'un mois, ce qui les réduisait à la famine. Vu l'éloignement de son école, Édouard partait à l'aube tandis que les boxeurs et les laitiers faisaient du vacarme. Seulette et grelottante, Christine s'éveillait, chassait les souris de son édredon, mangeait sur le pouce dans un estaminet du quartier et s'affalait dans un cinéma jusqu'au soir pour tromper sa faim.

— Quand il est question de notre amour, disait-elle à Édouard, je refuse tout compromis. Qu'importent les punaises, si nous restons libres. Je préfère dépérir à quêter de l'argent à mon père. Si tu es mal trempé, je te raidirai.

À la plage, mon père eut ce trait de folie : courir comme un dératé chez un fleuriste pour en rapporter une brassée d'orchidées, la plus ruineuse des fleurs. Christine piétina le bouquet. Édouard fondit en larmes devant la foule amusée des baigneurs. Il répétait :

— Tu veux donc me détruire ?

Elle comprit bientôt combien il était veule. Elle rêva, cette nuit-là, qu'il s'écroulait en centaine de petits cubes rouges, dont les gosses bâtissent des maisons de poupée. Effrayée de cette sorte d'oracle, elle manda aussitôt son père.

Descendu dans un caravansérail de Manhattan, Guillaume arpentait une chambre en faux or et en faux acajou. Des coups de klaxon montaient de la rue, amplifiés comme en montagne par les gratte-ciel. La pulpe des doigts lui démangeait, signe chez lui de nervosité. Christine parut enfin, le visage macéré, amaigri. Des poches bleues se creusaient sous ses yeux. Sa robe était mouillée sous les aisselles et à la saignée du bras. Il blêmit.

— Dans quel état t'a-t-il mise, ce maudit fou ? demanda M. Séchaud.

Elle s'appuya au dossier d'une bergère et, martelant ses mots :

— Taisez-vous, si vous tenez à me revoir. Comment osez-vous ? Cet homme dont sa mère ne voulait pas, qu'on a enfermé durant sa jeunesse dans un pensionnat, qui est le plus malheureux du monde et avec le plus de raison de l'être, puisque sans amour et qu'il lui faudrait demander pardon du fait même qu'il existe ; cet homme, je le trahirais ? Non. À cause de votre exemple, de ce que vous avez fait de moi.

— Je ne te destinais pas à la condition de martyre ni à celle de nounou !

L'autre volta et ouvrit la porte.

— Reviens. Je veux t'aider, lança-t-il d'une voix plus calme.

— Alors donnez-moi de l'argent, non des conseils.

Il sortit une liasse de billets et compta :

— Cent dollars, deux cents...

En dépit de la rebuffade qu'il avait essuyée, il triomphait, et pensait que les scènes nobles finissent souvent ainsi. Puis ils devisèrent, comme deux escrimeurs qui n'ont pu se toucher et qui cessent subitement le combat, rapprochés par une mutuelle admiration.

— Quand nous voyagions, dit Christine, je m'endormais contre votre épaule. Je me souviens de votre veste, avec ses plis qui me sabraient la joue de lignes rouges, et avec son odeur de menthe.

Alors que M. Séchaud pestait contre les larmes qui humectaient ses yeux, une douleur lui transperça le thorax. Son cœur battit la chamade. Il s'écroula sur le lit, la bouche bleuie et la poitrine secouée d'un souffle rauque. Christine avait demandé au garçon d'étage qu'on dépêchât un médecin et elle errait, les bras ballants, mise à la torture par son impuissance. Les lèvres de son père allaient, sans proférer aucun mot, mais elle crut y lire cette phrase, incessamment répétée :

— Va-t-en, va-t-en.

Elle songea que sa présence le mortifiait et dès lors lui tourna le dos pour considérer une enseigne lumineuse. Quelques minutes s'écoulèrent, puis les ressorts du lit grincèrent et la voix de Guillaume :

— Pardonne-moi cette faiblesse, je vais beaucoup mieux.

Grand diable à chapeau mou, le médecin diagnostiqua une crise cardiaque et prescrivit la détente. Guillaume haussa les épaules et le poussa dehors.

— Je vous laisse reposer, dit Christine.

— Tu es bien brave.

Et pour conjurer la chose immonde qui rôdait encore, il cligna de l'œil, en souriant comme un gosse.

Dans la rue, Christine se rendit compte qu'elle avait caché sa grossesse et ses angoisses au seul être qui lui importait et qu'elle ne pourrait plus rien lui dire. Autour d'elle se bousculaient des nègres poussahs dont le regard hésitait entre le crétinisme et la rêverie, des chafouins en veste de cuir qui devaient crisper leur main sur un poignard, des figures de rebec qui se grattaient l'entrejambe, et toute cette foule emportée par la vie comme des immondices par l'égout. La ville elle-même, avec ses yeux à facettes, ses mandibules et son stylet, semblait un scorpion sur le point de croquer ces larves qu'étaient les passants.

— Comment résister à cela, pensait Christine, quand notre mort même en lubrifierait le mécanisme ? Pas moyen de dominer, de vaincre ; tout juste celui de planer en se montant le bourrichon. Mon père, l'enfant que j'aurai, moi, nous tous refluons vers le point d'où nous avons coulé. Nous n'allons nulle part, nous revenons comme le jusant.

Entre l'enclume et le marteau

Nos enfants porteront la peine de nos fautes ;
nos pères les ont vengés d'avance.
Joseph de Maistre

Les touristes apprécient certaines rues du vieux Québec à cause de leur cachet français. Entrez dans un appartement de ce quartier, vous y admirerez les escaliers en colimaçon, les murs épais qui tempèrent les chaleurs de l'été et les lucarnes des mansardes donnant sur le fleuve, que sillonnent des paquebots empanachés de fumée. C'est au rez-de-chaussée d'une de ces maisons historiques qu'Édouard ouvrit, en 1946, un atelier de photographe. Il amorça les badauds avec une vitrine exposant ses meilleurs clichés ; transforma le vivoir en boutique, la cuisine en chambre noire ; se confina dans une pièce du fond avec sa femme.

Au son du timbre que déclenchait l'ouverture de la porte, Christine bondissait sur les clients, faisait des mamours aux bambins. Habillé d'un barreau noir et coiffé d'un béret « artiste », Édouard les campait devant un appareil à trépied et chantait l'antienne du petit-oiseau-qui-va-sortir. Parce que sa clientèle se faisait rare, Christine requérait sans cesse à son père l'argent du loyer et de la nourriture.

Après quelques mois de cette bohème, elle accoucha d'un enfant mâle, qu'on nomma Pierre. Cette naissance — celle de l'auteur — pour donner de la joie à Christine, ne laissa pas de la mettre sur des charbons. Les vagissements du nourrisson la réveillaient la nuit : le jour ils la persécutaient jusque dans son travail. Mais enfarinée de psychologie, elle n'osait laisser Pierre s'époumoner en vain, et, à la moindre colique, enjoignait au médecin d'accourir. Quant à Édouard, il s'amusait de moi comme d'une poupée, m'enturbannait de foulards, rabâchait mon poids et ma taille.

Mes parents agréèrent une invitation de Suzanne à une soirée. Le toit de l'hôtel particulier est ourlé de neige. Édouard, qui bat la semelle, dit à sa femme :

— Tu te poudreras le nez, il est rouge de froid.

Dans le vestibule, un domestique emporte leurs manteaux. Ils suivent un couloir lambrissé d'acajou. Cela sent le tabac canadien et les épices. Des rires viennent d'une embrasure qui jette sur le tapis un carreau de lumière enfumée. Dans une cheminée à hotte flambent des bûches qui éclairent à contre-jour le visage des invités. Couchés sur des dépouilles de fauves ou sur des canapés, ceux-ci boivent de la bière à la régalade. Des rideaux aux plis cannelés festonnent la double-fenêtre que la glace a rendue translucide.

— Nous n'attendions plus que vous, fait Suzanne vêtue d'une robe noire en fuseau, pailletée d'argent.

Christine découvre dans un miroir son costume défraîchi, son nez enluminé, et que sa belle-mère l'ellipse en beauté.

— Où pourrais-je me requinquer ? demande-t-elle.

Suzanne la conduit dans une chambre où les pots de fard et de pommade s'amoncellent sur une coiffeuse.

— Dieu que la grossesse flétrit une femme, s'exclame la buandière tout à trac. Déjà ta chair s'amollit. Prends surtout garde à tes seins, à force d'allaiter ton chérubin, ils vont s'affaisser.

Puis exhibant un collier de perles :

— Tu le veux ? Ce n'est pas de la pacotille. Tout est authentique ici : acajou, marbre, or.

Après un dernier coup de peigne, Christine se lève, mais l'autre la rassoit de force.

— Tu me parais intelligente, aussi voudrais-je te dégrossir un peu. À l'avenir tu devrais : primo, tuer dans l'œuf tes enfants ; secundo, faire interdire ton mari pour pauvreté d'esprit. Sinon tu gâcheras ta vie à essuyer les saletés de ceux-là et à réparer les bourdes de celui-ci.

— D'accord. Mais pourquoi ne pas étrangler mon fils, enfermer ce dément d'Édouard à l'asile, et empoisonner mon père afin d'en hériter sans retard ? Non, je ne ris pas. Et maintenant, lâche-t-elle avec dégoût, sortons !

De retour au salon, Christine tombe sur un colosse bedonnant qui lampe d'un trait un vidrecome empli de bière à ras bord tandis qu'Édouard marque la cadence de ses mains. Puis le buveur agite le récipient vers le sol sans qu'une goutte s'en échappe et le brise contre les chenets du foyer.

— Bravo Armand, quel rude gaillard tu fais, crie Suzanne. À ton tour Édouard !

Ce dernier s'exécute, imité par son frère François, gringalet qui avocasse, par Réal, moustachu aux yeux sinistres, par Jacques et Paul, tous issus du même sang et qui, les traits avinés, se lèchent les babines comme de jeunes loups avant la curée. Et dominant le fracas de la vaisselle qu'on lance n'importe où, le rire de Suzanne, émoustillée par le champagne qu'elle se verse à pleines rasades. Les brus insensiblement se sont rapprochées. Le feu craque et s'épanouit, tel une fleur écarlate et vénéneuse, sur quoi Armand vient pisser tandis que les autres contemplent la danse du jet d'urine contre les murs. Suzanne pinçote les bajoues de son mari, qui fume béatement un brûle-gueule.

— Regarde ma portée, lui dit-elle, j'en suis fière et les voudrais encore plus vils. Pouah !

Vincent répond d'un air tranquille :

— Voyons, calme-toi, ma bonne.

— J'oubliais, laissons le vieux beau rêver à sa maîtresse.

Et mettant le poing sur la hanche :

— Armand, fais-moi voir ta moitié.

Docilement, l'autre pousse jusque devant elle une nymphe maigrichonne et effarouchée.

— Est-ce que tu l'as encore battue aujourd'hui ? demande Suzanne. Hélène, montre-nous tes cuisses.

Et elle essaie de lui relever les jupes. Comme un carnassier délaissant sa proie pour une autre plus appétissante, elle plisse soudain ses yeux de myope dans la direction de Christine.

— Là, nous avons la vertueuse héritière qui, avec un peu de déveine, aurait accouché trois mois avant son mariage.

Suzanne se mouille les lèvres d'une langue pâle et pointue. Elle ne dit que la vérité, on la croit cynique ou grotesque. A-t-on jamais songé que nos sentiments sont artifices et malentendus, qu'en les sondant un peu, ils s'estompent? À chaque instant un homme a sur sa compagne des pensées désobligeantes, mais il se tait, et par ce mensonge continuel, survit l'amour. Suzanne joue franc jeu, elle insulte maintenant, quitte à encenser plus tard. À tromper autrui, l'on ne risque pas de se duper soi-même. Aussi la cruauté lui convient, qui détruit ce par quoi l'on pourrait la blouser: amour et pitié. Elle a eu neuf fils, à chacune de ces naissances s'émoussait en elle l'instinct maternel. Nous sommes d'une race qui pleurniche après le giron et le sein. Chez d'autres peuples, son insensibilité entrerait dans la norme.

Des bûches s'écroulent avec des gerbes d'étincelles. Douchés par la sortie de Suzanne et ennuyés de ses péroraisons, mes oncles se retirent en silence. Mon père baise Vincent sur le front et court chercher son manteau. Christine chuchote précipitamment à Suzanne:

— Et si Édouard contrecarrait vos projets, ou simplement vous importunait?

— Je lui dirais: rentre sous terre, avec ta femme et ton fils, car tu n'es qu'un accident, le résultat d'une gaucherie de ma part.

— Et savez-vous ce qu'il ferait? Il vous tuerait, dit-elle avec un ton rogue.

Christine gifle violemment son interlocutrice, qui titube tandis qu'un filet de sang sourd aux commissures de ses lèvres. Enfilant la pelisse que lui tend son mari resté chocolat, ma mère entraîne ce dernier vers la sortie, ignorant Suzanne qui lui crie des insultes.

Des glaciers en miniature coulaient sur les trottoirs. Les flocons, ravivés et détaillés par l'éclat des réverbères, se précipitaient comme à l'assaut d'une place forte. Des guimbardes dormaient sous des housses de neige. Il semblait à Édouard que le monde s'effritait lentement et qu'il serait doux de s'étendre contre le froid de la terre. Christine lui emboîtait le pas, avec ses cheveux noirs de jais et ses yeux qui se braquaient sur lui sans sourciller. Il la souleva par les aisselles, heureux qu'elle pesât comme une plume malgré ses vêtements d'hiver.

— Ma petite femme, mon inséparable, lui dit-il en baisotant ses accroche-cœur.

Elle ferma les paupières et murmura:

— Jure-moi de rompre avec Suzanne. Ce soir, je l'ai rembarrée, mais à beau jeu, beau retour. Elle trame déjà contre nous.

— Je ne peux pas. C'est ma mère et une part de moi lui appartient.

— La moins bonne. Quand tu te soûlais avec tes frères, malgré moi, je te méprisais.

Comme ils descendaient une côte abrupte, elle perdit pied. Édouard la soutint et dit :

— Te souviens-tu de ces photos de Nagasaki ? Comment croire après cela que nous construisons autrement que sur le sable ? Nous n'avons plus d'avenir et toutes les attitudes se valent. Comment condamner celle de ma mère ?

Il secoua la tête.

— Je suis du bois dont on fait les flûtes. J'ai deux pôles : toi et Suzanne.

Christine se soumit, mais elle opiniâtra de ne jamais revoir sa belle-mère.

— Tu prétexteras mes migraines, dit-elle avec lassitude.

Il promit de la couvrir d'or sitôt que Vincent serait mort. L'espoir de cet héritage le captivait et le nourrissait de haine contre le médiocre de sa condition.

Il tenta par la suite de dissimuler aux siens que Christine avait brisé avec eux. Il leur achetait, chez le pâtissier, des gâteaux qu'il prétendait frais sortis du four de son épouse, laquelle se repentait d'ailleurs, selon lui, d'avoir frappé Suzanne. Cette dernière insinuait que, beau gosse comme lui, il serait poire de se cramponner à une fille enlaidie et revêche, et que certaine brune piquante avait poussé les hauts cris en le sachant marié et vertueux. Ces intrigues de ma grand-mère ne donnaient rien, car Édouard était complètement sot de Christine et, loin d'elle, les heures lui pesaient.

Un soir, le téléphone sonna. Hélène, ma tante, dit à Édouard :

— Viens vite, ils vont tuer ton père.

Il partit comme un trait. Au matin, une infirmière prévint Christine que son mari la réclamait. Elle le trouva dans une chambre toute sonore du rire de deux convalescents. Tel le nasal d'un casque d'hoplite, un pansement lui couvrait le nez. Du sang striait ses yeux noisette. En quelques phrases déchiquetées, il décrivit Vincent rossé par Armand et Réal, deux de ses fils, dans une encoignure du salon.

— Ils s'amusaient, les salauds, et ne frappaient pas trop fort. Mon père ne disait rien, le regard éteint. J'allais le secourir, quand je l'ai vue, ma mère, qui grillait une cigarette. Alors je me suis laissé faire, peut-être dans l'espoir qu'elle s'interposerait. Quand j'eus la figure en marmelade, elle a crié : «Assez». Et ils m'ont planté là.

Après quelques jours, Édouard rentra chez lui, l'arête du nez gauchie et les lèvres tuméfiées. Les journaux trompetèrent que Vincent, à cause d'une santé caduque, cédait sa compagnie à un conseil formé par sa femme, Armand et Réal ; qu'en revanche, il testerait en faveur du reste de la famille. Mais qui court après les souliers d'un mort risque fort d'aller nu-pieds.

DEUXIÈME PARTIE

Le Temps qui court

*Chaque homme n'est pas plus différent
des autres hommes qu'il l'est souvent de lui-même.*
La Rochefoucauld

Prologue

Cela roule en moi comme une rivière souterraine. Parfois j'oublie sa présence, mais en prêtant l'oreille, je l'entends aussitôt m'emporter dans le fracas de mille torrents : la pensée. Je retiens mon souffle et plonge. Miroir poli par les rues et les murs, je reflète, reflète. Aucun refus en moi, je suis le oui sempiternel, le contraire du vide. Le monde m'habite jusqu'aux oreilles, jusqu'à la nausée. Plein comme un œuf, solide, dur, j'ignore le visqueux et l'inconsistance qui règnent en dehors de mon regard. Si je reluque une chose, elle se cristallise, se raidit, semble n'émettre qu'une couleur et qu'un son à la fois ; mais elle ment, et par cette tricherie, je tire ma révérence au chaos. Fable, mystification, château de fumée que le vent disperse, j'avale toutes les impostures et toutes les adultérations. Je ne survivrais pas à la vérité : silence parmi le grouillement, la reptation et les cabrioles des atomes. Mort qui n'existe que par moi, je te réclame, suprême et indispensable mensonge.

Je ruse, biaise, afin que la parole naisse et moi avec elle. « Petit, grand, haut, bas », comme une grenouille j'émerge pour respirer les qualificatifs et les noms. Mais les arbres, les étoiles et les veuves sont-ils donc muets ou lancent-ils ensemble un cri dont la vibration s'éternise? Dans cette longue phrase où la matière n'existerait que pour les analphabètes, l'homme est-il la virgule ou le mot clef?

Je coulerai dans ces domaines retentissant des voix passées et futures, et vous les rapporterai au grand jour, vos prétendus phantasmes. Rien n'est irréel, vous dis-je! Se propageant à l'infini, vos rêves rencontrent cet être impossible qui vous imagine, lui aussi, inlassablement. Chassé-croisé de divagations pareilles à des crabes échoués sur la dernière plage de l'univers, là où le néant se brise contre des jetées d'étoiles. Sur la terrasse du monastère, j'interroge la lune, bouton doré d'une veste bleu marine. Mais j'ai déjà vent de sa réponse, et de celle des rochers accroupis et des étangs goulus. «Présents»! clament-ils, en se dressant sur la Crête de temps, comme des idoles aveugles et obstinées. Partout, toujours, ils seront présents et prévaudront contre les siècles qui les bousculent, tels des galets sous la vague. Je les devine, éclairés par un soleil à naître et répétant leur cri de ralliement. Malgré ses airs minables, le moindre caillou nous écrase, car il emplit l'éternité. Nous, les tire-au-flanc, les déserteurs, les jamais-là, nous piquons et criblons notre passé de balles incendiaires. Mais il a la vie dure, le bougre, et notre guerre fleurie contre lui est perdue d'avance. Momies que chaque seconde entoure d'une bandelette de plus, nous prenons la pose et sourions pour laisser un bon souvenir. Attention, le petit oiseau va sortir. Il sort, et nous gobe comme une mouche.

La forêt squelettique fendille le ciel de ses ramures noires. D'un tronc à l'autre le brouillard s'enroule comme une chenille grise. On devine la rivière à une dépression blanche et unie. Les moines cheminent autour de la brioche de leur monastère avec l'affolement des insectes quand on retourne la pierre sous quoi ils se cachaient. Je me suis enterré ici pour m'émonder et fouiller mes entrailles, déposer mon cœur sur un mouchoir blanc qu'il imbibera de sang. En attendant, j'allume le four crématoire à souvenirs et à sentiments.

Voici un quart de siècle, une malchance inouïe nous faisait exister. Dans le vide où nous jouions à l'atome, nous agglutinant et nous séparant sans histoires, il a fallu qu'un irresponsable lançât sa semence. Alors nous grandîmes et suppurâmes comme un cancer et, après un tour de périscope, nous émergions. Tout le monde sur le pont! À chaque instant, des milliers de bulles crèvent ainsi à la surface du monde, cela s'appelle naître.

Une lueur blanchâtre s'étira vers la scène et les acteurs bondirent des coulisses : un père truculent, avec des pantalons larges, pliés en accordéon ; une mère dont les cheveux sentaient le grand large. Je n'avais qu'à retourner sur mes pas pour que la pièce cessât, n'eût jamais commencé, mais, entre l'aube et la nuit, je découvrais les sourires-oiseaux des hommes et j'oubliais l'obscurité pour cingler vers la pleine lumière. Je devenais un des vôtres.

Sur le comptoir de la buvette étincelleront des seringues pleines d'un poison foudroyant. À mes mains qui trembleront je demanderai le prix de la mort. L'urine et le sang, les lèvres qui grimacent de douleur, faut-il aimer tout cela pour être homme ? Les bourreaux triomphants, les victimes qui tuent, faut-il donc aimer être homme ?

Je m'injecterai le curare à la saignée du bras gauche... Si petit le temps où je mourrai que la terre déjà efface mes pas, que l'ombre s'attarde autour de moi... Mais autour de moi rien ne changera, mon cœur battra toujours. Je ne saurai pas si je viens de mourir ou non. Peut-être serai-je déjà dans la terre, la fleur et le feu ?

Une femme me dira :

— Tu vois cette rivière, elle se nomme la Lude. Pour trouver ce que tu cherches, il faut boire de son eau.

Je me mettrai en marche, transporté d'espoir. Je visiterai des villes étranges, des cieux où la nuit disparaîtra dans un fourmillement d'étoiles géantes, et toujours la Lude déroulera à l'horizon le lacet turquoise de ses flots qui se perdront dans le temps comme d'autres le font dans la mer.

Et il arrivera peut-être que je vivrai, vulnérable à l'amour et à la haine. Mais je n'aurai qu'un seul avenir, ne deviendrai ni ce conquérant, ni cet ivrogne. Jamais je ne déborderai, comme un fleuve en crue, sur la campagne, pour y emplir tous les fossés et tous les chemins.

Au sortir du chaos

*Que l'on rêve tellement de choses folles ne m'étonne pas,
ce qui m'étonne, c'est que l'on croie être celui
qui fait et pense toutes ces choses.*
Lichtenberg

Qu'est-ce que cette rivière coulant au fond de ma mémoire, aussi lointaine qu'un rêve dont le souvenir nous fuit au réveil ? Coupe claire, étincelante dans le rideau des sapins et des bouleaux, rivière ensablée, avec ses billots colportés par les remous et l'écume. Près du rivage, eau tranquille où la feuillée des chênes creusait des ombres et des miroirs, où un embarcadère jetait ses planches couvertes d'une mousse toujours froide et humide.

Eau baveuse, se développant en mille dentelles cristallines au pied du barrage que Guillaume avait construit au temps jadis. Et cette puissante odeur de résine, épandue comme le parfum de mon enfance, à travers les sous-bois tapissés d'aiguilles de pin fauve, craquant sous la semelle ; ces piliers de lumière tombant de la futaie ; ces bleuets cueillis le long de routes blanches comme des ossuaires ; tout cela gît en moi comme la semence de mes moissons futures.

J'avais quatre ans. Déjà, père, tu portais tes ambitions brisées en mille éclats coupants. Tu marchais avec Guillaume, en apparence attentif, mais ton regard errait sur les Laurentides, râpées, m'avais-tu appris, par des glaciers fondus depuis des millions d'années. Tu riais, quand je courais vers toi avec l'épagneul noir sur les talons, tu m'enlevais dans tes bras et me frottais à tes moustaches. J'avais parfois peur de toi : ainsi, lorsque tu abattis cet oiseau bleu, captif d'un lacs destiné aux mouffettes ; il battait des ailes en criaillant, puis ce tonnerre venant de ton arme, et une traînée de sang sur la terre grasse. Mais sur la brune, tu me contais l'histoire d'un agneau emprisonné dans une clôture de barbelés que je délivrais et apprivoisais.

Te dirais-je que ma part la plus humaine, la plus douloureuse, tu me l'imprimas au fil de ces récits naïfs et de nos randonnées en canoë ? Tu croyais ici-bas n'être qu'un passage et devoir te sacrifier aux autres. Tu m'as pardonné de révoquer en doute tes convictions. Aujourd'hui que ces pages m'ont conduit à l'âge de la mémoire, celui où je peux témoigner directement de toi, je voudrais que, des limites de l'audible et des chemins du silence, monte ton chant profond.

L'été nous allions à la campagne, chez Guillaume qui habitait une grande maison brune posée au milieu d'une pelouse vert émeraude. Il me souvient d'une aube grise, hésitante, où les feuilles, comme mille doigts gantés de soie, se pressaient contre le vent pourri. Les corbeaux, avec leurs plumes embuées de nuit. J'ai frissonné, découvrant peut-être le mal et sa terrible beauté. D'abord les pierres et les fleurs du jardin se vidaient de toute lumière, puis la nature entière crépitait, épouvantée par une flamme invisible : c'était la pluie. Sur la véranda, le grincement d'un fauteuil que déplaçait mon grand-père m'est devenu douloureusement étrange. Durant ma sieste, une guêpe noire a longtemps survolé mon lit d'enfant. Le battement rapide des ailes faisait une corolle d'ombre autour de l'insecte qui, sur la blancheur du plafond, avait l'aspect d'une étoile sur un négatif du firmament. Au milieu de mon dégoût, ai-je ressenti que je contemplais le premier déguisement de ma propre mort ?

Ce sera en hiver, après une soirée de débauches. Un peu ivre, j'appelai un taxi d'une cabine téléphonique. Quand je dirai le nom de la rue où je me trouve, mon interlocuteur ricanera, déclarant qu'elle n'existe pas. Alors je suivrai, jusque dans une maison glaciale, un vieillard habillé d'un paletot noir.

— Papa, dirai-je à l'étranger, tu es mort depuis si longtemps... Pourquoi revenir ?

Il hochera la tête en collant un timbre sur une lettre avion.

— Veux-tu aller mettre ceci à la poste ? me dira-t-il.

Soudain je comprendrai : pas de rue, pas de maison, plus rien. Et avant que je meure, Édouard me sourira une dernière fois.

Un dimanche, on m'a mené dans une chapelle abandonnée que ma famille désirait restaurer. Cela sentait le moisi et la terre mouillée. La forêt grattait les vitraux, mon pas sonnait creux sur le plancher incliné. Devant moi, une boîte blanche, rectangulaire, de même qu'une croix. On m'a dit que j'étais dans la maison de Dieu : je n'étais pas près d'en sortir.

De ma chambre d'enfant, lieu immense, clos seulement par l'obscurité, surgit une veilleuse représentant la tête ronde d'un nourrisson endormi. Clair-obscur où retentit parfois le son d'une boîte à musique. Rues noires, trouées de ruelles ; lune de fromage au-dessus des toits ; anniversaires de naissance à peine colorés par de petites bougies enfoncées dans la glace d'un gâteau.

Le bonheur. Christine, avec son tailleur et ses cheveux défaits, court devant moi. Elle m'a montré un cube gris et poussiéreux : son ancienne école, et maintenant elle rit en montant sur le bac. Il y a du vent, des mouettes, des enfants. Tout siffle et crie. On largue les amarres. Appuyé sur le bastingage, je regarde Lévis, avec ses masures jetées sur la falaise comme des sucreries à la devanture d'une confiserie. À ma gauche, là où le fleuve s'élargit, s'aplatit : un pont rouge et courbe comme un arc-en-ciel. Arrivés sur l'autre rive, ma mère et moi, sans nous soucier de débarquer, nous faisons signe de la main à des enfants qui plongent du haut du quai dans l'eau huileuse et noire. Très fier de ses galons dorés, le capitaine nous sourit. Un jeune homme avec une énorme cravate verte dit à ma mère quelque chose qui la fait rougir. Mais je m'en moque. Le bateau repart. «À Saint-Malo beau port de mer, trois beaux navires sont arrivés», chante Christine. Et cette cantilène me promet un paradis, celui dont j'aperçois les voûtes sous l'aspect du pont rouge, qui jaillit, et tombe dans l'eau à l'endroit où celle-ci se confond avec le ciel. Le soir, au retour de ces excursions, quand je m'avançais dans notre rue, la longue file de poteaux téléphoniques, inégaux et désaccordés contre le mur flamboyant de l'horizon, les maisons éteintes comme pour des siècles, et le silence, beaucoup plus profond qu'une simple absence de bruits, tout cela se pressait en moi avec une nécessité apaisante. Le monde ne pouvait être autre. Je lui donnais mon assentiment.

Fille d'un frère d'Édouard, Ginette incarnait pour moi une princesse captive. Affublé d'un drap qui traînait à mille plis, je combattais les monstres qu'attestait la frayeur de ma cousine. Pour forcer son admiration, je m'aventurais dans le grenier et rapportais de cet antre de croquemitaine une robe démodée dont je parais ma jouvencelle. Il me tardait qu'elle me mordît avec une légère succion, qu'elle m'enlaçât après un simulacre de lutte. La similitude de nos visages amusait les adultes : les cheveux longs, la jupe gris clair de Ginette la faisaient mon double féminisé, que je me plaisais à singer. Pendant que son père, le type du tyran, paradait au salon, Ginette me montrait la trace des coups qu'il lui assenait. Mon impuissance à la préserver du mal me laissait muet de rage. Quand mon oncle Armand la sommait de le suivre, elle m'embrassait furtivement, avec l'ombre d'un reproche dans le regard.

La trêve entre mon père et sa famille se rompit. Les semaines et les mois passèrent sans nouvelles de Ginette. Grâce à quelques indiscrétions, j'appris qu'Armand battait horriblement sa femme et mes craintes pour ma cousine m'enhardirent à exiger qu'on me conduisît près d'elle. Christine me frappa avec un bâton : ramassé dans un coin, j'invoquai sa pitié. Avec les années, les traits de ma cousine s'estompèrent ; restait seulement un souvenir lumineux, avec quoi je savais devoir un jour confronter la réalité.

Johanne. Elle avait la beauté gracile des tournesols et jouait aux Indiens. Daniel, avec sa peau grise, ses traits tirés d'enfant malade. Alain, cadet d'une famille pauvre. Son père s'endettait à collectionner des livres d'art. Il y avait aussi Jean, adolescent taciturne, qui tirait de l'arc, pêchait des têtards et apprenait le patinage à ma sœur. Au bout de la rue, caché derrière une palissade d'érables, se trouvait un manoir dont le défunt propriétaire était censé hanter les couloirs disposés en labyrinthe comme par un architecte dément. On disait aussi que l'intérieur des murs recelait un trésor de pierreries. J'ai tenté de visiter ce château, mais un vieillard m'en interdit les approches, et j'eusse juré qu'il tenait une carabine dans sa main droite. Quelques jours plus tard, Alain nous a dit :

— Le trésor du vieil Anglais est à moi.

Mais comme il se refusait à nous le montrer, qu'il restait loqueteux et sentait toujours l'urine, personne ne l'a cru.

Un matin, à mon départ pour l'école, des policiers sont sortis d'une maison voisine avec une civière recouverte d'un drap. Le regard terne et fixe, ma sœur se tenait à l'écart de la foule qui entourait l'ambulance et la voiture cellulaire. Le soir même, j'ai appris que Jean-le-taciturne avait tué nos voisins à coups de hache, que ma sœur avait découvert les deux victimes dans leur salon éclaboussé de sang. Hypocritement, on a plaint le père de l'assassin, on a voulu le secourir ; mais lui, restait enfermé, ne sortant que la nuit.

Ces violences, je les ai vite oubliées au profit d'un article de journal où l'on assurait que plusieurs accidentés avaient décrit avant leur mort une camionnette rouge et sans chauffeur qui les aurait frôlés pour se perdre ensuite dans le brouillard. Le soir, quand j'entendais crisser des pneus, je croyais sentir, derrière mon épaule, le mystérieux véhicule dont la course folle et indifférente illustrait comment un jour le monde continuerait sans moi. Non pas messager d'un autre monde, mais de celui-ci devenant autre.

L'ambulance s'est arrêtée juste devant la mer. Deux infirmiers traînent un petit homme qui tremble violemment, tandis que son visage s'empourpre. Ignorant les dangers de la côte, il a saisi, au creux d'une vague, une méduse qui l'a paresseusement caressé de ses lanières vénéneuses. Maintenant le petit homme va mourir.

Nous avions engagé comme servante une campagnarde nommée Fleurette. Jolie, bien faite, point sotte, elle m'avait toujours traité gentiment. Un matin j'ai trouvé sa chambre vide, son lit intact. J'ai réveillé Christine au moment que l'autre tentait de rentrer en cachette. Son tailleur noir était froissé. Ma mère l'a congédiée sur-le-champ. Avant de partir, Fleurette m'a dévisagé et, déposant ses deux mallettes, m'a baisé le front. Elle dégageait une odeur aigrelette et douce. Christine m'a tiré violemment le bras. Le nez collé sur la fenêtre du salon, j'ai observé ma bonne qui, dans le petit matin, regagnait sa campagne ; là, ses aventures avec les gars du canton ont conduit sa mère au suicide ; Fleurette a repêché, au moyen d'une perche, le cadavre qui dérivait à la surface d'un étang. Racontée par mes parents, cette scène m'édifia sur les effets désastreux du péché.

Le bassin des cabinets étant inondé, j'ai dû pisser dans une boîte de conserve. J'étais enfermé dans la salle à manger. Les portes-fenêtres sans rideau me menaçaient d'une foule de regards possibles. La tôle du récipient cylindrique égratignait et glaçait mes cuisses. Réduit à la réalité la plus biologiquement simple de moi-même, j'étais mortifié de cette équation inéluctable entre mon corps (que j'eusse volontiers imaginé inexistant) et une matière abjecte. On désire les sirènes : elles sont bestiales au bon endroit. À force d'opposer l'esprit à la chair, ils me sont apparus inconciliables. Après que j'eus nié le monde réel, ce dernier m'a tellement étrillé que j'ai dû récuser Dieu. Mon incroyance vient probablement d'une crise de mysticisme.

On nous enseignait la haine, je n'appris que la peur. Les religieuses nous donnaient à lire des bandes illustrées décrivant une éventuelle révolution communiste au Canada. Une fois le Premier Ministre assassiné, des hommes en uniforme moutarde, une étoile rouge à leur képi, persécutent les prêtres, fusillent des dévots qui priaient en secret la Vierge.

L'école. Un édifice flanqué de deux tours, avec des couloirs interminables où marchent des gamins roses. Partout des cris, des courses impatientes, une odeur de ménagerie. Ma classe. Des fenêtres épaisses, percées en abat-jour, qui font briller sur les pupitres le ciel, captif du mince espace séparant l'église du gymnase. C'est sur ce lambeau d'azur, tantôt pareil à une planche aux couleurs délavées, tantôt très lointain, quand des nuages le traversaient ou que des étoiles s'y pressaient, c'est là que je lisais les saisons et les heures.

Je demeurais dans la banlieue de Québec et, chaque matin, je prenais le tramway. Ma fierté, lorsque le conducteur refusa de me laisser monter, moi qui tenais à la main une bouteille de bière ramassée vide sur le trottoir. Parmi les passagers qui voyageaient avec moi, gamin assez gras, aux cheveux courts, il y avait les élèves des écoles publiques, lesquels riaient de mes habits soignés. Dans les rues embourbées, se hâtaient des hommes d'affaires au teint farineux et des émigrés transis dans leur mince manteau noir. Un de mes amis m'expliquait le fonctionnement des fusées tandis que les archets de frottement grinçaient sur le fil électrique aérien. Formes vagues et fuyantes, qui glissaient de chaque côté du véhicule vers un hypothétique abîme derrière ma tête. Image d'une vie qui oscille, mais sans dérailler, à travers une bousculade de scènes pitoyables auxquelles manqueraient peut-être le risque, le fossé où momentanément l'ordre s'inverse, les roues tournant à vide vers le ciel.

Près de Boston, la rivière Charles coule débonnaire entre deux rives sablonneuses. La forêt bourdonne de moustiques, éclaboussée d'une lumière grasse et soyeuse. À travers le feuillage, perce la masse trapue de l'abbaye où je demeure depuis quelques semaines. Le père Freeman, colosse tranquille, me désigne d'un geste ample le décor bruissant qui nous entoure puis, d'une voix traînante :

— Voyez cette beauté, cet ordre. Comment n'y pas deviner Dieu ?

Il a souri, découvrant une denture irrégulière, jaunâtre. Le visage caché par leur froc, les moines s'avancent vers le réfectoire : tout cela n'est peut-être qu'une toile tissée par Dieu ?

Au fond ne suffirait-il pas, pour régler sa vie, de l'attention sans tricherie que donne le funambule à chacun de ses pas quand il progresse sur la corde raide ? Surtout il ne faut pas tomber, car il n'y a pas de filet, pas de seconde chance pour atteindre la plate-forme. La chute très lente et très belle d'une comète vers le soleil ; la glissade sur les montagnes russes, laquelle nous semble paradoxalement un brusque envol de tout notre être ; la descente aux enfers d'Orphée : rien de comparable ici à la dégringolade de Lucifer ou d'un trapéziste malchanceux qui se voient soudain rapprochés de leur fin par l'émergence sous eux d'un pur néant : impression que dut ressentir, pendant la tentation au désert, le Christ contemplant à ses pieds des villes éblouissantes, à lui offertes pourvu qu'il adorât Satan, c'est-à-dire qu'il se jetât dans le gouffre.

Le vendeur d'étoiles

Édouard a longtemps tiré le diable par la queue pour
conserver son studio de photographe. Mais la clientèle le déserta peu à peu, le loyer augmenta : il perdit
beaucoup d'argent et, sans l'aide de Guillaume,
c'était la faillite. Édouard chercha donc du travail.
Confiant dans son «sens des affaires», il acheta une
vingtaine d'étoiles d'une hauteur de quinze pieds,
fabriquées en tôle et semées de néons, de lampes-
éclairs rouges, bleues, jaunes, qui s'allumaient à
tour de rôle, avec des déclics bizarres : leur mauvais
goût, leur clinquant feraient affluer les clients chez
le plus modeste «roi de la patate frite», ainsi que
chez le cordonnier, le manufacturier, le curé, gens
auxquels Édouard, emporté par un lyrisme de com-
mis voyageur, se faisait fort de vendre jusqu'à deux
étoiles : une devant la façade, en guise d'enseigne,
l'autre pour coiffer la toiture de l'établissement. Le
premier matin, il se frottait les mains, avec l'air de
dire : «Aujourd'hui Québec, demain le monde !» Il
réunit la famille dans le salon, autour du monstre
métallique, riant tandis que nous fuyions, aveuglés
par le feu d'artifice. Quand nous eûmes tous sué
d'ahan pour hisser l'étoile à bord d'une remorque, je

remarquai un pli soucieux sur son front: comment allait-il, à lui seul, trimbaler cette horreur? Il haussa les épaules, alluma un cigare et démarra dans un nuage de poussière. Il chantait à tue-tête un air de bel canto. D'ailleurs, à cause de ses cheveux très noirs, de ses moustaches empereur, on le croyait fraîchement débarqué de Naples.

Le soir, il rentrait en maugréant contre la stupidité des bourgeois, incapables de saisir au vol ce merveilleux moyen de publicité. Christine emplissait la baignoire d'une eau chaude et salée pour soigner le dos courbaturé de notre héros. Puis il mangeait à ventre déboulonné, mimant, avec force gesticulations et blasphèmes tronqués, ses rencontres de la journée, comment il avait fait l'article à un Juif insolent et sceptique. Il parlait d'abondance, tandis que la petite mère l'aiguillonnait de sarcasmes et que les enfants s'esclaffaient. Repu et conforté par nos encouragements, il épluchait les petites annonces, persuadé d'y trouver la voie royale vers un pays de Cocagne. Quelques semaines plus tard, soldant ses étoiles à vil prix, il enfourchait un nouveau cheval de bataille: vendre du jus d'orange à tous ces citadins drogués, minés, détraqués par les alcools, le café et le tabac. Armé d'un traité de végétarisme et d'une pinte d'un liquide jaunisse, il fonçait vers restaurants et tavernes, brûlant de convertir la ville entière à ses idées d'orangiste, comme plaisantait ma mère. Mais il prêchait dans le désert et, malgré ces expédients, ne réussissait pas à gagner de quoi vivre: Guillaume faisait toujours bouillir la marmite.

Rien de moins communautaire que notre vie en famille. Chacun se calfeutrait dans sa chambre, évitant même de croiser les autres en allant aux cabinets. Mes parents abhorraient le bruit : je me déplaçais en retenant mon sourire. Heureusement, j'aimais la lecture. Ma sœur comptait les chiures de mouches sur le globe laiteux du plafonnier. Les repas seuls dérogeaient à notre isolement. Réglés comme du papier de musique, ils nous réservaient les mêmes piques et les mêmes drames.

La cuisine regardait une arrière-cour par une fenêtre toujours voilée d'un rideau en mousseline. (Un jour que j'avais soulevé celui-ci, Édouard, qui entrait dans la pièce, blêmit. «Ferme-ça, vite, les voisins qui nous épient.») Mon père trônait à l'extrémité de la table rose saumon, mouchetée de noir. Il reniflait la nourriture, impatient de prétextes pour appesantir son autorité. Christine avait-elle oublié de se recrépir le visage qu'il la disputait. Comme elle le cajolait ou se taisait, il se rabattait sur moi : «Ne mets pas tes coudes sur la table... ne lape pas ta soupe.» Il me dévisageait d'un air pugnace et, si je me renfrognais, il éclatait : «Quel enfant, on croirait qu'il ne se plaît pas avec moi.» Avec le temps, je modelai mon attitude sur celle de Christine. À la moindre remontrance, je baissais l'oreille. Restait Solange, ma sœur, petite blonde au nez retroussé, au front bas et obstiné. Loin de se dérober comme nous, elle le provoquait, rompait en visière avec lui, sans craindre les coups d'Édouard, qui pourtant avait la main légère.

Les défauts de la cuirasse, elle les connaissait: «Quand on est chômeur comme toi... C'est vrai que nos grands-pères sont riches?» Un soir, à une insulte particulièrement méchante, il s'écria: «Cette fille, c'est ma mère tout craché.» Dès lors ce rapprochement l'obséda. Il discourait sur l'hérédité, sans penser que, par ses vexations continuelles, il imposait à ma sœur le mauvais rôle de Suzanne. Sempiternel éteignoir, il se gendarmait de nos rires en alléguant les bonnes manières. Coulés dans le moule de sa maussaderie, nous affichions des airs collet monté ou mélancoliques.

Mais que Christine jugeât une boutade de mon père comme passant la plaisanterie, il rampait aussitôt pour se faire pardonner. Si elle le laissait seul avec nous, il nous harcelait de questions: «Quand maman reviendra-t-elle? Paraissait-elle fâchée à son départ?» Comme le silence l'angoissait, il ressassait jusqu'à la nausée ses déboires, accablant la destinée qui l'avait jeté parmi un peuple aussi nul que les Canadiens français. Personne ne trouvait grâce à ses yeux. Les Anglais? Des épiciers, cruels envers Napoléon, le plus noble des héros. Les Français? Des hypocrites et des beaux parleurs. Les Juifs surtout l'irritaient qu'il accusait de ruiner les commerçants honnêtes. Enfoncé dans son fauteuil, il dénigrait l'univers entier, s'interrompant au moindre bruit qui aurait pu annoncer le retour de Christine. Plus l'absence de celle-ci se prolongeait, plus se rembrunissait Édouard. Il faisait sombre et humide. La pluie fouaillait les vitres du vivoir. Nous avions tous grand-faim, mais il aurait dîné par cœur plutôt que de cuisiner, que de se ravaler à cette besogne de femelle. À table, le péché mortel contre l'étiquette n'était-il pas de devancer le geste de Christine et de se servir soi-même ? Il caressait ces rêves démesurés qui font les grands hommes ou les ratés, et ressemblait parfois au chevalier à la triste figure.

Il avait mille fois répété, dans ses jeux d'enfant, la bataille des plaines d'Abraham et, devant les canons qui menaçaient encore le fleuve, il ne pouvait s'expliquer notre défaite que par une malédiction divine. D'ailleurs les historiens n'enseignaient-ils pas que la flotte de Walker avait coulé grâce à nos prières et que la conquête avait châtié nos péchés ?

Sous couleur d'universalisme, Édouard reniait les siens. «L'amour de la nation, disait-il, a décimé l'Europe.» Notre jargon et nos coutumes l'enrageaient comme des marques d'infamies ; mieux eût valu tourner casaque, devenir Anglais, que de croupir au milieu de cette racaille de clocher. Il évoquait volontiers un ancêtre écossais pour se singulariser. Les rudiments d'anglais qu'il avait appris à l'armée, il les affichait, heureux que nous n'y comprenions rien. En revanche, il ne tolérait pas que nos défauts servissent de cibles à des étrangers, et il avait giflé certains d'entre eux pour de simples allusions.

J'ai portrait Édouard comme un vétillard, mais des circonstances mystérieuses étourdissaient sa tristesse et sa mesquinerie. Durant certains pique-niques, à côté d'un ruisseau torrentueux, il dansait, grimpait aux branches d'un arbre en hurlant comme un Peau-Rouge. (Ne m'as-tu pas avoué, père, n'avoir jamais vieilli depuis tes vingt ans ? Et parfois quand, dessus la terre, l'ombre contrefait la forme des nuages et des maisons, je me demande quelle partie de toi était fausse : l'obscure ou la lumineuse ?)

Le Remontoir

Déjà effacé de mon esprit par ses continuelles absences et sa faiblesse de caractère, Édouard était dénigré au cours des dîners auxquels me conviait Guillaume. En revanche, ce dernier y contait d'émouvantes histoires, comme celle du mendiant : un soir de Noël, il trouve visage de bois à toutes les maisons d'un hameau, sauf à celle d'un pauvre qui, à l'aube, découvre son cellier farci de vivres et d'or. Quant au vagabond, il est reparti sans laisser d'empreintes dans la neige.

Mon grand-père vouait un culte au travail manuel, et je rougissais de ma maladresse quand il m'arrachait le marteau ou la pelle pour fignoler ce que j'avais cochonné. Un jour, visitant avec lui une domestique, j'avais lâché à la vue de l'appartement décrépit : «Comme c'est laid !» La gifle qu'il m'assena me brûle encore la joue. Il se liait facilement avec des gens de toute condition et, à la plage, partageait le goûter d'une grosse juive rencontrée une demi-heure plus tôt. Un soir qu'il expliquait les causes de son succès, ma sœur lui rétorqua avec une malice qu'excitaient ses sarcasmes sur les avanies de notre père : «Tu te vantes un peu, non ?»

— Tais-toi, idiote, fit-il en déchirant de rage sa serviette. Et plus jamais il ne reparla de sa jeunesse.

Les os du crâne perçaient son visage émacié. À cause de son incongruité dans ce corps que toute grâce avait fui, sa voix, encore chaude et virile, balançait entre le comique et le sacré. Le dos courbé, il observait à travers le vitrage le blizzard qui accumulait contre la maison des dunes de neige. Puis, en se frottant les poignets, comme si la vastitude glaciale du dehors l'eût fait frissonner :

— Mourir n'est rien. Un morceau de viande pourrie, qu'on jettera à la poubelle, et c'est normal. Mais je risque fort une paralysie complète, une coagulation du sang dans le cerveau. Alors je deviendrais une poussière... pensante. Ils appellent ça survivre, moi je dis que c'est le seul cas où la mort existe vraiment, puisque nous en sommes conscients.

Il mâchait une gomme dont l'odeur de menthe parfumait l'air autour de lui.

— Si cela arrivait, je me détesterais pour n'avoir pu m'épargner cette bassesse.

Je n'osais le questionner davantage et il retournait devant la fenêtre, d'où me parvenait le bruit pesant de sa mastication.

Avec un pied dans la tombe, Guillaume transformait son corps en boutique d'apothicaire. La nuit, une douleur lui perçait souvent la poitrine. Il s'éveillait pour constater que son cœur ne battait plus. Vite, à tâtons, il cherchait les capsules sur la table. Seul, dans l'obscurité, avec à perte d'ouïe le silence, et dans soi, la mort. Puis le premier battement, que l'extrémité des doigts enregistrait, et la barque de Guillaume levait l'ancre à nouveau. Verdelet, bâti à chaux et à sable, il ne pouvait pourtant s'astreindre à aucun effort. Aussi, par atrophie, les membres, les viscères se détraquent. Une panse gonflée lui tombe entre les jambes. Le matin on compte les cheveux perdus sur l'oreiller, les emmêlures dans les crins de la brosse. La vue baisse, on achète d'épaisses lunettes. Mais on se cramponne, on a l'âme chevillée au corps et la discipline de marcher chaque jour un peu plus qu'hier autour de la maison.

Brochant sur le tout, la solitude. Car on n'a qu'une femme sourde et une fille qui s'est mariée avec le premier venu. Une vie, quand elle est finie, on pourrait la faire sauter au creux de la main, et hop! par-dessus l'épaule. Une vie, quand on l'a derrière soi, on pourrait en faire des papillotes. On s'illusionnait en croyant aider ceux de sa race, car en vérité le beau moyen que voilà d'excuser son propre égoïsme d'ambitieux. On a écrit bien sûr quelques pièces de théâtre qu'on relit à la dérobée, mais on sait que lorsqu'on mangera les pissenlits par la racine, sa propre femme brûlera ces impiétés.

«Grimaciers, têtes à l'évent», disait-on des amoureux, des sentimentaux, des poètes. Ses rêves, on les réalisait avec de l'acier et du béton. Maintenant on contemple ce monde qu'on a bâti et qu'on a trahi, on se répète, consterné: «Ce n'est pas du tout ça.» Et on ne peut écouter la moindre chanson, le moindre mélo, sans pleurer, discrètement. Par une propension malheureuse, on a mis la raison partout et, quand on l'invoque devant le gouffre pas du tout «éternel et sans fond» (une fosse, ça fait dans les six pieds de profondeur), elle nous laisse en plan. Alors on renonce, on se bourre le mou avec le café Yuban, le *kleenex* doux comme un lapin et Player's qui est la plus populaire.

Soudain — à la suite de quelle bêtise qu'on a avalée comme un crapaud et en la goûtant jusqu'à la nausée! — on secoue ses puces. Des rêveries de jeunesse nous parlent de soleils en plein hiver, de sable couleur de neige, mais si chaud, si fin. On invite sa fille et son gendre. En route vers la Californie!

Avant son départ pour Los Angeles, j'allai prendre congé de Guillaume. Il examinait une carte où une ligne rouge figurait son futur itinéraire. Madeleine bourrait une valise à souhait. Il refusa la main que je lui tendais et, me dévisageant avec ironie:

— Perds l'habitude de ces simagrées. Pourquoi s'embrasser, se dire adieu? Les sentiments sont pour les femmes et les vieillards comme moi.

Me reprochant mon émotion, je filai sans un mot.

Le voyage se déroula d'abord dans la monotonie des villes traversées en coup de vent. Mais au milieu de la cinquième nuit — passée dans un motel — Madeleine découvrait son mari en proie à une crise d'angine. Il roulait des yeux de merlan frit, et, comme des ronds d'eau sur un étang, des cercles bleus se propageaient à partir de ses lèvres entrouvertes. En dépit du sérum injecté par un médecin du hameau voisin, il perdit l'usage de ses membres. Christine tentait de calmer sa mère ; Édouard fumait. On raconte qu'à la mort de Tamerlan, ses généraux le transportèrent jusqu'à Samarcande sans oser écarter les rideaux de la litière où le cadavre se décomposait. Une crainte semblable interdisait à mes parents de laver mon grand-père ou de changer ses draps. Madeleine rappela ses esprits et se chargea de la besogne qu'elle avait remplie jadis auprès de la mère de Guillaume. Bientôt la chambre s'imprégna d'une odeur d'ammoniaque et le moribond, luisant comme une batterie de cuisine, les bras sagement croisés sur la poitrine, n'effraya plus personne. On s'accoutumait à son regard vitreux et les conversations allaient leur train malgré sa présence.

— Si vous voulez, maman, j'habiterai chez vous, faisait Christine. Nous ne serons pas trop de deux pour soigner papa.

Mais l'autre faisait la moue, déjà jalouse de son malade.

Après quelques semaines, l'état de Guillaume s'améliora. Il remuait faiblement bras et jambes, articulait quelques mots. Il avait conservé sa raison. Mes parents, qui séchaient d'ennui dans ce village de western, situé en plein désert de l'Arizona, poussaient en auto chaque jour un peu plus loin. Laissant Guillaume à la garde de Madeleine, ils descendirent un matin vers le Rio Grande.

Guillaume et moi, nous cheminions de conserve dans les rues embourbées, où rôdait le vent pourri de l'automne. Depuis sa retraite, mon compagnon reléguait au grenier ses hauts-de-forme et portait sa casquette et sa veste d'ouvrier. Quoique la pensée de sa fin prochaine le tourmentât, il affectait la désinvolture. Un nuage vermiforme s'étirait vers l'île d'Orléans. Les mains osseuses, aux ongles courts, de mon aïeul me rappelaient son geste, à la campagne, lorsqu'il me donnait à humer une pensée dont le velours brun et jaune se répercutait dans l'air moite. Soudain des enfants nous entourèrent, scandant: «Le clochard, ce qu'il est laid!» Avec son accoutrement vieux d'un demi-siècle, il ne payait en effet pas de mine. Ces quolibets le démontèrent, et, tandis que je chassais les gamins qui s'égaillaient en riant, il avalait une de ces capsules qui fouettaient son cœur prêt à défaillir et qu'il nommait avec amertume son «remontoir». Après une vie sacrifiée à faire fortune, il apparaissait aussi démuni et impuissant que dans son adolescence moqué par les mêmes gosses de riches. Comme si un dieu philosophe avait voulu l'édifier sur la vanité de l'ambition. Avec la rencontre de ces enfants, le cercle se fermait pour Guillaume aussi cruellement que pour Œdipe perçant à jour le secret de sa naissance.

Avait-il cette scène à l'esprit lorsque, profitant du sommeil de Madeleine, il quitta sa chambre climatisée? Il n'agissait pas pourtant sur un coup de tête, puisqu'il avait caché qu'il pouvait d'ores et déjà marcher. Derrière le motel, écrasé sous un ciel flamboyant, le désert. Des cactus membres se profilaient contre les montagnes pelées et mauves. Un silence absolu, comme si ce vaste espace eût été muré, accentuait l'étrangeté des aiguilles et des brèches pareilles aux ruines d'une antique civilisation. Guillaume s'engagea parmi les broussailles. Le soleil, qui surplombait l'horizon, s'y enfonça brusquement. Après une dernière giclée de lumière, la nuit tomba. La plaine vibra du chant des grillons qui, tapis dans le sol anfractueux, semblaient assurer que la vie est bonne, que la mort ne signifie rien et que les étoiles naissent par millions à tout instant.

Édouard découvrit le lendemain près du corps de mon grand-père, à quelque distance de la route, les capsules «remontoir» méticuleusement écrasées. La poudre blanche qui s'en échappait avait fait survivre Guillaume à lui-même durant quelques années. Il fut transporté par wagon frigorifique jusqu'au cimetière Saint-Charles, à Québec.

J'ai jeté le rat dans la petite fosse. Le cadavre était déjà noirci, il sentait l'engrais et sa chair s'effritait comme une motte de glaise. Tout près une demoiselle, dont m'effrayaient la couleur acier et le vol imprévisible, survolait l'étang qui, avec ses œufs de grenouille et son eau noire, croupissait comme une potion de sorcière. J'aimais à tuer les oiseaux, surtout à l'automne, quand ils se détachaient nettement sur les branches dénudées. Je laissais leur corps mou dans des cloaques, pour suivre de près, jusqu'à l'hiver, leur décomposition.

Une lamentable erreur

Je travaillais pour une œuvre de charité et, à longueur de journée, transportais sur un diable des caisses pleines de tracts religieux. Dans une cave poussiéreuse, sous les yeux d'un Sacré-Cœur, j'élevais des pyramides, traçais des couloirs de papier. Un prêtre badigeonnait de pieuses pensées sur les murs de béton.

— Ne blasphème jamais, car Dieu t'entend, disait une de ces maximes, tracée avec de la peinture verte sur fond gris.

Après un café bu à la sauvette en compagnie de quelques camionneurs, je m'ensevelissais au petit matin dans ces catacombes qui me parcheminaient le teint et m'abîmaient les poumons, j'en sortais quand clignotaient les néons des bars voisins. Chaque jour à midi une secrétaire m'entretenait de ses avortements successifs, invectivait contre les hommes, tandis que je bâfrais en silence un hamburger et des frites. La solitude me trouble la digestion car elle me livre à des pensées pas folichonnes.

Après le travail, je m'empaquetais soigneusement et me ruais vers l'arrêt d'autobus, près duquel un manchot tournait la manivelle de son orgue de Barbarie. Au sommet d'un gratte-ciel, un projecteur pivotait absurdement, comme s'il n'avait su quoi désigner de ses longs doigts lumineux. Battant la semelle, je guettais le carrefour d'où surgirait la forme trapue, rouge et blanche, du véhicule bondé d'ouvriers qui se toussaient mutuellement sur la nuque. Un coup de klaxon me fit sursauter : un ami voulait sans doute me faire profiter de sa voiture. À travers les yeux de cet automobiliste, je me vis soudain : taquin, grelottant et harassé. Je perdis toute intériorité. Seul mon reflet existait. Les échappatoires et les chimères qui me portaient à vivre se tarirent. Stupéfait comme un soldat étripé par un éclat d'obus, j'avisai cet individu hors duquel je ne pouvais prendre racine. Celui que nous rencontrons dans le miroir et dont la faim, les tics et la mémoire nous traquent éternellement, celui-là est notre garde-chiourme et notre bagne. Sa destruction seule nous libérera. Le bonheur naît d'une illusion doucereuse ; le malheur d'une complaisance envers soi-même ; et la lucidité, d'une indifférence pareille à ce que j'éprouvais alors. Mais nous ne nous rencontrons que rarement, par hasard et contre notre gré. Dieu seul peut se fréquenter lui-même impunément. Notre rendez-vous avec nous-même est fixé au jour de notre mort.

Le feu de circulation passa au vert, les autos démarrèrent toutes, et je compris qu'il y avait maldonne, que personne ne m'avait reconnu. Je pestai contre le retard de l'autobus. Brandissant son ınoignon, l'infirme jouait toujours parmi le sifflement de la tempête.

À parcourir le labyrinthe de mes souvenirs, j'aboutis sans cesse aux futilités qui m'encombrent présentement. Fixé par mes ennuis contre un instant de l'éternité qu'il serait vain de nommer présent, je scrute mon passé et j'y vois presque autant d'ombres et de vides que dans l'avenir. Comblé par le monde, je suis dépossédé de moi-même et si j'écris *je,* c'est un peu par dérision. Il me reste cependant un espoir d'éclaircir le chaos et la grisaille, espoir de trouver à la fin de ce livre autre chose que des pages noircies. L'art, le mien en l'occurrence, aurait le pouvoir de faire surgir, au moyen de culbutes et de pirouettes, ce moi qui n'a jamais existé. Aussi je me peindrai sans fard et tout entier. Que la mort approche avec le dessein de fondre les couleurs, de jeter bas les pierres, je le sais et, sans relever le défi, je continuerai obstinément. De tous les tunnels que je percerai, peut-être s'en trouvera-t-il un conduisant non pas au fracas de l'extérieur mais au silence définitif de la vérité.

Si l'on admet que l'on ne coïncide jamais à soi dans l'écriture, puisque celle-ci — à moins de se peindre écrivant — nous rend autre, mon ambition est aussi ridicule que celle de découvrir la pierre philosophale. D'un mot à l'autre : la brisure d'une vie d'insecte, d'un temps irrécupérable. Mais ici, comme sur les miroirs déformants, pas de ligne droite, pas de forme qui ne change au moindre mouvement de l'observateur. Durant les combats de gladiateur, Néron reposait sa vue en regardant au travers d'une émeraude de taille concave. Ne pas prendre mes aises vis-à-vis de la réalité : littérature qui se réduirait à tarabiscoter.

Après une brise carabinée, l'orage éclata. Je m'appuyai à la balustrade. La pluie fouettait, avec des bruits d'outres pleines qui éclatent, l'angle formé par la façade du monastère et une aile abritant l'église. Cette encoignure, avec son herbe glauque, sa pierraille scintillant comme des gemmes sur la terre aux enfonçures qui bavaient une boue capucine ; ces planches rugueuses, lamelles, couleur feuille morte ; cet air salubre avec le ciel gris souris ; et moi, les mains dans les poches, frissonnant sur cette véranda enveloppée d'embruns. Bien plus déliquescent que la pluie, le mur que je contemplais me pénétrait jusqu'à la moelle de l'âme, il était celui-là même qui avait frémi, des années auparavant, sous la même averse, celui de la villa de Guillaume. Et je sus que, dans la sapinière voisine, des corbeaux piquaient brusquement vers le sous-bois envahi par les relents vinaigrés du sol et par des nappes d'air électrisées ; que, lorsque j'entrerais me réchauffer, je verrais mon père psalmodiant des passages de la Bible, et Christine bégayant de terreur, les jambes ramenées sous elle. Oui, je sus tout cela, et la couleur mauve des ornières rayant le sable du chemin, le boursouflement de la rivière Cartier que la lavasse transformait en un torrent semé de cloques. Mon enfance se déroulait comme une fantasmagorie sur le mur de l'abbaye. J'étais quelque chose de très seul, qui dégringolait au fond de soi-même.

Je levai les yeux vers le firmament sillonné de veines lie-de-vin, mais où déjà s'entrecroisaient des lacets de pure lumière. Dans les villes sans folie aucune, j'avais oublié que chaque parole résonne dans un silence qui s'étend jusqu'à Vénus et que nous sommes de la Terre, de cette errante, de cette ocelle sur la queue de l'univers. Et, dans la nuit qui sépare les galaxies, erre le pollen des mondes que nous ne connaîtrons pas. Sur l'un d'eux, s'érigera peut-être à nouveau mon mur brun et ruisselant; Dieu entend peut-être dans le vide se renfermer à l'infini la même porte. Et ces mots que je tresse, mille bouches les ont murmurés avant moi. Non, nous ne mourrons pas, mais reviendrons, et avec nous, les aubes où la fleur et l'arbre avaient si bel œil, et ce café que je bois, ce pupitre éraflé, ce cendrier de tôle.

Les moines priaient, mains enfouies dans leurs manches de bure. Bien des paladins sont morts pour ce crucifix cloué au mur du réfectoire. Des rouges-gorges s'égosillèrent dans le jardin pacifié. À travers la croisée, je les voyais sautiller, avec leur allure d'hommes d'affaires pressés, une aile repliée comme pour tenir un porte-documents. Dans un mol balancement, la feuillée des ormes disait adieu aux nuées noires qui se bousculaient à l'horizon. Le bénédicité terminé, les religieux s'attablèrent en me priant de les imiter.

Comme une ménagère tatillonne, le printemps récurait le ciel, décorait les branches de papillotes vertes. D'une saison à l'autre, je me demande pour quelle pièce de boulevard on plante ces roses, on repeint ces pelouses. Le printemps, c'est d'abord mes talons frappant le ciment du trottoir et la neige fondant sur les caniveaux. Gloire à notre chair qui nous transmet la folie des oiseaux soûls d'azur et la quiétude des chats vautrés dans l'or tiède que le soleil fait couler obliquement sur le tapis du salon ! Tandis qu'un frère convers amendait la terre noire des plates-bandes, j'aurais voulu célébrer le café matinal, bassine d'eau fraîche où s'ébrouent nos sens, la première cigarette, et la porte brusquement ouverte sur le jardin que saupoudre une lumière cendrée ; mais, dégoûté du bruissement insipide de la forêt, je rentrai au monastère. En voyage, j'inventais des torts à la nourriture, à mon matelas, à l'air que je respirais, afin d'excuser un retour précipité vers Christine. « Un homme ne prendra pas l'épouse de son père et il ne retirera pas d'elle le pan du manteau de son père », écrit la Bible. J'abhorrais ces vingt années qui me séparaient de ma mère et pensais :

— Un jour, je serai seul face à son cadavre, et où tourner mes pas, sinon vers elle, même morte ? Si jamais, pas même un limant de mon bec, comme l'oiseau du catéchisme, une sphère d'acier aussi grande qu'une planète, je ne pouvais la revoir, la toucher, lui parler, alors comment et pourquoi exister ?

La communauté du père Freeman m'hébergeait depuis deux mois. Je traversais ce qu'il est convenu d'appeler une crise d'adolescence : en réalité, le seul moment où l'homme, ayant mesuré son destin, est tenté d'aller jusqu'au bout de ses pensées.

Par la suite, abruti d'argent, de gloire ou de confort, on se claque les cuisses : «Quel imbécile j'étais !»

Le portier me remit une enveloppe sur quoi je reconnus l'écriture de Christine. Je m'enfermai dans ma cellule et lus la lettre que voici :

Mon enfant,

Tu as raison. La preuve de l'absurdité de l'existence c'est que j'ai mis quarante ans à m'en rendre compte. Ne désespère pas, la lumière se fait peu à peu dans mon cerveau bourgeois. Je saisis le ridicule d'avoir cru à l'honneur, à l'honnêteté. Pourquoi avoir, ton père et moi, sacrifié nos vies ? Par la faute d'une erreur lamentable. Heureusement que tu nous a alertés. Avec quelle joie nous te voyons te libérer, t'agiter, grouiller sans but, car nous constatons ainsi la stupidité de la vie. D'ailleurs cela nous laisse bien indifférents ; nous sommes déjà vieux et inutiles, moins dignes que les rats qui donnèrent la peste aux hommes d'Oran. Je sens mon cœur s'assécher. Quelle joie ! Il est vrai que je ne suis qu'une femelle procréatrice. Tu devrais me battre, car le fait que je suis ta mère ne doit pas t'arrêter. Au contraire ! Cela te libérerait du vieux complexe du bien et du mal.

Toi, tu m'as déjà dit que je devrais écrire un livre. Je sens naître en moi une telle révolte contre l'absurde que je suis bien tentée de le faire. Je l'intitulerais : Néant, *avec mille pages*

blanches. Je ne suis pas assez sotte pour
dépenser un atome d'énergie pour le néant.
Dieu? Depuis le septième jour de sa création
qu'il dort. Ne le réveillons pas! Si le diable
existait, je dirais qu'il vous emporte. Mais
rien, merde, rats éventrés, que tout cela. Je
n'aspire qu'à faire comme le gars de ta fable:
m'asseoir à côté de la porte et attendre,
sachant que je ne la passerai jamais.

Ta mère

Quand il pleuvinait, je restais à la maison avec
Christine. Je riais lorsque je collais mon front au
sien et qu'émergeait un œil unique, créé par la
surimpression des deux autres. Non pas œil, mais
ciel, avec des orages autour du soleil noir de la
pupille, mais puits de feu et d'amour sur quoi
glissait le rideau d'une paupière mauve. Et sans voir
le retroussement des lèvres, je savais que ma mère
souriait à cause des étoiles gerçant au fond de la
cornée. Puis ses pupilles dilatées m'aspiraient vers
une chose lointaine, brûlante et sacrée: elle.

Oh mère! comme un astre qui s'écrase, tu
fermais la porte de tes yeux, et je pleurais, seul, sur
ton épaule. Tu mettais un mur à ton sourire, et je
baissais la tête, car tu n'étais plus là. Sans toi, tout
ici était noir.

Un jour, à mon retour de l'école, tu m'appren-
dras la mort de mon père. Il aura beaucoup neigé et
la glace enguirlandera les vitres. Tu m'enlèveras
dans tes bras, et la pièce tournera, tournera comme

un manège de chevaux de bois. Ou bien, je m'éveillerai en pleine nuit, certain que tu m'observes pour me fouiller le cœur de tes ongles. Je croirai courir vers la porte et la lumière, mais frôlerai la fenêtre. Les rideaux s'écarteront et je verrai ton visage livide, semblable aux nuages que lâchera la lune, derrière toi, en filant gaillardement sur une rivière de mélasse. Et tu me jetteras dans une marmite percée d'un étroit orifice au travers duquel je ne pourrai passer qu'en me sciant les deux épaules.

Depuis la mort de Guillaume, tu t'étiolais. Vêtue d'un éternel peignoir, tu trottinais dans l'appartement. À force de le moucher, tu t'enluminais le nez. Ta chevelure filigranée de blanc. Tes lèvres sans fard qui esquissaient un sourire de dérision. Ton cou que plissait une mauvaise graisse. Je me présentai un soir à toi, attifé d'un complet de feu mon grand-père. Les manches me tombaient aux jointures et tu éclatas d'un rire dément qui sonne encore à mes oreilles. Le chat noir s'enfuit, la queue et les oreilles parallèles au parquet. Me prenant par le revers de la veste, tu murmuras :

— Mon pauvre, c'que t'as l'air fillette là-dedans.

Après ses journées consacrées à chercher du travail, Édouard t'offrait toujours un bouquet de fleurs. L'allure plus italienne que jamais, il te bécotait, fredonnait des chansons à la mode, parlait de t'acheter des robes de princesse. Il était gai, trop gai, car nous nous sustentions de levure de bière, et le propriétaire nous menaçait d'expulsion. Légataire universelle de Guillaume, ma grand-mère aurait tondu un œuf et nous coupait les vivres.

Vois-tu, mère, je crains de n'avoir rien à répondre à ta lettre. Il est évident que la terre entourée d'étoiles, avec un soleil sur ses mers, de l'encre sur ses pas, du vert sur sa gorge, n'est pas si belle quand on vit pour l'éternité dans sa boue, que la terre ne chante pas quand on est sa vermine. Mais si tu veux, pour la douleur que je t'ai infligée, je mâcherai la poussière où chantent les ombres d'hier ; et, petit, tout petit con, je demanderai pardon à la fleur pour ma puanteur, aux étincelles du vent pour ma lenteur ; petit, tout petit con, j'embrasserai le sol et je demanderai pardon à toi, mon adorée, ma procréatrice.

Je voudrais tant te voir heureuse sous le soleil du midi, une mouche sur tes lèvres, des brindilles dans tes sourcils. Toi, dont le rire en ruisseau éparpille les étoiles. Et voir tes doigts se noyer dans l'aube d'un peu de rosée. J'aimerais tant succéder aux jours et aux nuits qui glisseront sous ta peau, pour te charrier sous la terre. J'aimerais tant aimer jusqu'à tes os blanchis.

Histoire de Polichinelle

Sur la table métallique, des roses artificielles dont le plastique luit sous les néons. Je vois par la fenêtre des haies d'un vert sombre qui enveloppent une pelouse jaunâtre. L'odeur de l'éther me coupe le souffle. Sur le lit en fer forgé repose un corps dont le visage est enrubanné de gaze. Seuls les yeux, injectés de sang, d'un gris acier, conservent un aspect humain à ce qui semble une tête d'allumette. Le pansement, à l'endroit où il recouvre la bouche, vibre et se mouille de salive tandis qu'une voix de crécelle domine le grondement lointain des camions poids-lourds. Le tube brun d'une seringue à installation se contourne et vient mordre la saignée du bras de Suzanne. Assis à mes côtés sur une causeuse en moleskine, Édouard bourre sa pipe en tremblant.

— Le salaud, continue la voix, il était pris de boisson. C'est sa faute, et il est indemne. Tu verras comme je suis belle maintenant, le visage déchiré d'une oreille à l'autre. J'aurai un sourire épatant.

— Maman, pourquoi te torturer ainsi ? demande Édouard.

Les mains de la blessée se crispent sur le drap.

— C'est mon mari qui va être content. Il n'aimait pas que je me rajeunisse par des opérations plastiques. Il y a une semaine, j'aurais pu te séduire. Oui, mon enfant, tu aurais dansé volontiers avec ta bonne maman. Quand ils m'ôteront ça, j'aurai l'air d'une poupée rapetassée avec du gros fil noir.

Elle prétend que cette blessure, en la défigurant, l'a édifiée sur sa propre conduite.

— Je n'ai pas peur des mots. J'ai parfois agi avec légèreté.

Puis elle fait signe à Édouard d'approcher et lui souffle quelque chose à l'oreille. Il blêmit, mais son nez écrasé reste rouge : il ressemble ainsi à un clown. S'avançant vers moi, il biaise soudain vers la porte, après avoir décoché un coup de pied dans le vide. Un gargouillis sort de la gaze qui se gonfle et se relâche : Suzanne ricane. J'emboîte le pas à mon père, lorsqu'elle me prie de venir auprès d'elle. Mais ses pupilles, baignées de sang, expriment tant de malignité que je pars aussitôt.

Dehors, il fait obscur. La pluie tombe sur la pluie, qui ne tombe sur rien. Édouard s'engonce et souffle sur ses doigts. Que ma grand-mère et son amant aient heurté un arbre et que cette sorcière ait finalement l'air de sa chanson, je m'en soucie peu ; mais mon père, qui marche en sanglotant à mes côtés, ressemble à un gamin qui s'est donné un coup de marteau sur le pouce. Pas un bruit, sauf celui, énorme, de nos semelles sur le gravier.

— Quand j'étais jeune, murmure Édouard, une religieuse avait prédit aux filles trop coquettes que leurs cheveux se transformeraient en fils de fer. Ma mère ne sera jamais assez punie.

À l'horizon, la forêt faisait pétiller le noir incendie de ses arbres contre un ciel poinçonné d'étoiles. Le vent grattait, comme un chien qui veut entrer. Édouard s'arrêta brusquement devant une excavation destinée sans doute à recevoir un pipe-line.

— Tu vois ce trou, me dit-il d'une voix exaltée comme par quelque révélation, il sourit parce qu'il est vide et que, dans un monde plein d'imbéciles, d'écœurants et de tombes pleines, dans un monde pareil, être vide, c'est drôle.

Il sort de sa poche un grand mouchoir à carreaux beiges et blancs. Mais pour cet ami Pierrot endeuillé, il y a une pleine lune qui roule comme une pièce de monnaie, quand on joue sa vie à pile ou face ; pour ce Polichinelle captivé par ce qui lui semble sa propre fosse — où il plongera bientôt, jambes écartées, mains révulsées, cheveux en désordre —, il y a un fils qui connaît le chemin de la maison, de la cheminée répandant une odeur de mazout, de la petite mère attendant sous le cercle d'or d'une veilleuse.

L'hiver. L'espace était aussi calfeutré que dans ces globes de verre pleins d'eau, où des statuettes de plâtre figurent les personnages de la Nativité, où des cristaux blancs, s'animant au moindre choc, simulent une chute de neige.

Dès les premiers froids, la grippe s'incrustait chez nous, gouvernait nos habitudes et nos pensées. D'abord Édouard tombait malade, depuis que ses frères lui avaient cassé le nez, chaque fièvre dégénérait chez lui en coryza. Les paupières boursouflées, il geignait doucement, au milieu des fumigations. En pleine nuit, nous l'entendions tousser, et moucher ses narines enchifrenées avec un bruit de trompette ou de flûte, suivant le cas. Nous trouvions ses *kleenex* jaunes ou roses jusque sur la table de la cuisine et respirions partout l'odeur des médicaments avec lesquels il se frottait, s'en sucrait, se droguait. C'était la sarabande des cachets d'aspirine, des thermomètres anxieusement tournés vers la lumière blafarde des croisées, des visites du médecin, qui apportait la senteur de l'extérieur sur ses caoutchoucs mouillés. C'était l'époque où les jours semblaient de petites boules de neige dans la paume noire de la nuit, où le monde s'enlisait tellement que nous perdions le compte du temps.

Je ne pouvais accepter d'être bien portant tandis que Christine dorlotait mon père. J'avais le sentiment que la santé m'interdisait les arcanes d'un culte délicieux : celui des bains de moutarde et des coussins électriques. Aussi prenais-je des précautions : je marchais sans chaussures ou m'enfouissais la tête dans des bancs de neige, je courais pour suer abondamment puis, en trouvant mon manteau, je laissais les ongles du vent me labourer la poitrine. Après quelques expériences de cette sorte, je frissonnais, les yeux et le nez me piquaient, et, triomphalement, j'éternuais. Dès ce moment, le rhume m'emmitouflait. J'avais une carapace. J'hibernais comme les ours, je dérivais dans la gousse de ma maladie. Surchauffée, ma chambre s'emplissait d'ouate, j'habitais une caverne si profonde que je percevais le ronflement du feu, au centre de la terre, que les fenêtres débouchaient non sur l'extérieur, mais sur d'autres cavernes plus vastes, aux murs fluorescents.

L'ennui avait le goût d'un sirop au parfum de fraise : nous en redemandions. J'ouvrais parfois un album de bandes dessinées et, dans mon cerveau — qui s'était contenté jusque-là de courtes bifurcations imaginaires —, un cirque venait soudain dresser sa tente ou un fleuve jaune serpentait sous le ciel plein de dragons de la Chine. Mais pour bercer nos rêveries de troglodytes, il fallait les soins attentifs, maternels, de Christine.

C'est après l'accident de sa mère qu'Édouard se mit à souffrir de sinusites chroniques et qu'il refusa de sortir.

La Chambre bleue

Depuis la mort de Guillaume, Madeleine habitait seule une grande propriété dans la banlieue de Québec. Elle craignait qu'on ne la dévalisât: une signalisation antivol protégeait portes et fenêtres. C'était une maison de style victorien, hérissée de paratonnerres et de girouettes. Percées de fenêtres en saillie, deux tours flanquaient le corps principal, que jouxtaient une remise abritant la vieille limousine et un hangar où le factotum rangeait les outils de jardinage. Une muraille en meulières ceinturait le parc où, l'été, fleurissaient des plates-bandes de tulipes et d'œillets.

Le visage de mon aïeule s'affaissait, son regard se ternissait et sa chevelure tombait, dont elle avait tiré tant d'orgueil. Comme je jouissais de sa faveur, je la visitais souvent, chargé par ma mère de lui réclamer des chèques. Elle me recevait dans un boudoir circulaire, décoré de tentures anciennes et de bibelots extravagants. Les meubles dégageaient un parfum aigrelet de citron. Au mur, derrière le verre étincelant des cadres, des portraits de Guillaume semblaient nous épier. À chacune de mes visites, j'entrais plus avant dans ses confidences. La solitude lui pesait. Après m'avoir gavé de sucreries, elle s'installait dans une bergère, les jambes sur un pouf rouge, et sirotait un café. Son sourire m'entraînait à croire qu'elle avait été séduisante. Elle se peignait ses anciens prétendants, et comment elle les désespérait. Sa voix prenait des élans, ses joues rosissaient. Elle se plaignait de l'insensibilité de son défunt mari.

— Il n'a jamais pu m'embrasser, soupirait-elle. Mais Lucien, quel beau garçon, des yeux luisants comme des boutons de bottines, un teint! Dommage qu'il fût joueur professionnel : je l'aurais épousé.

Grâce à ce babillage, je n'ignorais pas qu'elle déposait sa fortune dans une vingtaine de banques, sous autant de fausses identités : ruse à l'endroit du fisc.

Pour pallier une insomnie chronique, le médecin lui conseilla des somnifères, et l'usage des cigarettes pour meubler son désœuvrement. À la voir dévorer et trimer, je ne doutais pas néanmoins qu'elle vécût encore longtemps. Prétextant qu'il se faisait tard, elle me retenait parfois à coucher. Au premier étage, j'occupais une chambre voisine à la sienne. Cette dernière, avec un plafond indigo, des murs capitonnés de similicuir turquoise et un lit à baldaquin, provoquait en moi une furtive angoisse :

— Comme cela brûlerait bien! pensais-je.

Me dégoûtait chaque nuit passée dans cette demeure, où l'odeur d'un médicament pour les rhumatismes, les livres aux pages cornées, des vieilles lunettes cerclées d'or, ressuscitaient Guillaume. Durant mon sommeil le froid pénétrait la pièce, la porte s'ouvrait : mon grand-père se tenait sur le seuil, les mains dans les poches, mâchant de la gomme. Il se taisait. J'écumais :

— Espèce de loque, va donc te faire grignoter la cervelle ailleurs.

Sans s'émouvoir, il me tournait le dos et fondait dans les ténèbres.

En l'absence de Madeleine, je trouvai dans un coffre cadenassé, dont la clef traînait sur un chiffonnier, un testament olographe qui me constituait l'unique héritier de ma grand-mère. Je tus cette découverte à mes parents.

C'était l'automne. Je pressais de mes ongles la pulpe des samares. Enfant, je nommais ce fruit de l'érable à sucre *hélice,* à cause de sa chute tournoyante. Les trottoirs de la Grande Allée en étaient matelassés, ainsi que de feuilles écarlates et jaune vif. Loin de m'attrister, les vicissitudes des saisons me gorgeaient de l'ivresse des départs.

Ma grand-mère avait échangé ses vêtements de deuil contre un tailleur rose. Un peu de fard colorait ses joues. Notre garde-manger vide, j'étais venu quémander vingt dollars, qu'elle m'accorda, contre son habitude, sans regimber. Elle alluma maladroitement une cigarette.

— Tu te souviens de Lucien ? demanda-t-elle. Eh bien, il m'a téléphoné. Il a renoncé aux cartes depuis belle lurette. Lucien a travaillé trente-cinq ans pour une compagnie de prêt, maintenant il est veuf et rentier, comme moi.

L'éclair fauve d'un écureuil accaparait mon attention.

— Tu m'écoutes?

— Euh, oui, marmonnai-je.

— J'ai rencontré Lucien hier. Il n'a pas vieilli, enfin, presque pas. Tellement grand seigneur dans sa veste de velours à côtes, avec sa canne à pommeau d'argent. Il m'a complimentée sur ma belle mine. Comme je lui donnais du monsieur, il m'a rappelé en souriant que je le tutoyais dans notre jeunesse. Puis...

Elle respira profondément. Intrigué, je l'invitai d'un geste à continuer.

— Puis, il m'a demandé ma main, disant que nous pourrions recommencer, que ce serait merveilleux, lui et moi. Il vendrait sa maison de Montréal. Nous voyagerions.

Ses mains rêches, sa bouche édentée, tremblaient. Ses yeux brillaient: elle aimait. Je me contentai de désapprouver sa passion par mon silence. Avec sa pureté cruelle, le ciel, dehors, semblait répondre: «Pas d'espoir pour une vieille comme toi: la mort est déjà là.» Ma grand-mère pleurait doucement et branlait du chef.

— Je suis folle. Que penseraient ta mère et mon défunt mari?

Elle épongea ses larmes avec le coin de son tablier à pois et demanda:

— Que veux-tu pour dîner?

Cette nuit-là la sonnerie de la signalisation m'éveilla. La fumée m'étouffait, je percevais un grondement de l'autre côté du mur. Le feu. J'enfilai mon pantalon, ouvris la porte : le couloir brûlait. Revenant sur mes pas, je poussai la croisée et passai sur le toit en tôle ondulée de la remise. Par la fenêtre de gauche, qui donnait sur le vide, je distinguais la chambre bleue envahie par la végétation affolée des flammes. La silhouette de ma grand-mère émergea un instant au milieu des lianes cramoisies. La vitre se brisa. Des solives s'écroulèrent. Un hurlement se confondit avec la sirène lointaine d'une autopompe. Avant de sauter sur le chemin de gravier, je crus entrevoir, sous un thuya du jardin, Guillaume.

Les enquêteurs conclurent que des somnifères avaient assoupi Madeleine pendant qu'elle fumait. Quant à l'argent, l'incendie ayant détruit les papiers de la morte, il nous échappait irrémédiablement.

Le Ridicule

Nous étions déménagés à Saint-Malo. Dès les premiers jours, Édouard clouait sur la corniche, au-dessus de notre balcon, un contreplaqué en forme de trèfle à quatre feuilles. La nuit, des étrangers venaient, par l'escalier extérieur, y inscrire des injures. Mon père ne démordait pas et repeignait son trèfle d'une couleur vert bouteille.

Christine travaillait dans un grand magasin. Elle ressemblait de plus en plus à Guillaume, surtout lorsqu'elle ahanait, une main contre le cœur, après avoir frotté les parquets. Je la trouvai un soir allongée sur un canapé et dans une immobilité cadavérique. Pour surprendre sa respiration, je posai mes doigts contre ses lèvres. Alors, sans qu'un muscle de son visage bougeât, elle dit : « Je suis morte. » Et le robinet qui fuyait accompagnait d'un bruit de gong la voix psalmodiant : « morte, finie, morte. »

D'abord la ville m'avait intimidé. Je savais maintenant ce béton et cet acier moins importants que le galet poli par la mer. Par peur de crever, on fabrique, avec des mains aveugles et moites, ces stalagmites de verre et ces usines en briques. Quelle farce ! Dans les squares, le gazon souriait à l'idee que bientôt, comme la mousse d'un détersif, il recouvrirait ces avenues grises.

— Patience, disait-il, mon règne reviendra.

En attendant, j'observais mes semblables pris au piège.

(C'était hier, n'est-ce pas, que les fleurs bourgeonnaient. Mais que font donc ces feuilles mortes craquant sous mes pas ?)

Assis à la table de la cuisine, je regardais les nuages noirs que le vent rabattait vers moi. Christine buvait à petits coups un café brûlant. Il neigeait à gros flocons qui scintillaient sous l'ampoule nue du balcon. Édouard faisait les cent pas, grognant contre les Juifs et les communistes. J'aurais voulu parler à Christine, mais ma gorge restait nouée. La neige qui tombait, ma poitrine qui se gonflait au gré de ma respiration, tout cela, qui vivait et mourait, le faisait pour rien.

Édouard soupçonnait Dieu de trahison et ses yeux semblaient deux plaies ouvertes. Jamais je ne devinai de quels cauchemars il gémissait la nuit, pour quels pressentiments ses traits se liquéfiaient au milieu d'une conversation. Il avait toujours eu peine à s'exprimer, mais, depuis qu'il me jugeait savant, il n'osait employer que des mots pédants qu'il articulait à moitié. Il pataugeait dans des idées biscornues alors que j'attendais qu'il m'ouvre son cœur.

Un soir, après qu'il m'eut servi des crêpes suzettes, il se colleta avec moi, simulant un crochet de gauche. Je reculai comme d'habitude, les bras ballants, lorsqu'il me frappa l'épaule. Voyant rouge, je le culbutai. Son crâne résonna contre le chapiteau d'une commode. Il cessa de bouger. Durant quelques secondes, je répétai: «J'ai tué mon père.» J'étais un supplicié nu, les yeux durcis de douleur, que les bourreaux, le poignard à la main, écorchent vif. Une longue lanière de chair qui ne tenait qu'au talon me pendait de la jambe droite. Mes muscles et mes nerfs découverts rutilaient comme un sexe enflammé.

Édouard me serrait le bras.

— Qu'as-tu mon enfant?

Mais le son de cette voix ne m'arrachait pas à l'extase où je me débattais comme un plongeur empêtré dans des algues et à court d'oxygène.

— Je t'ai déjà dit de ne plus te chamailler avec Pierre, dit Christine en ôtant son manteau. Regarde, tu l'as complètement sonné.

Le meurtre d'Édouard eût réalisé un souhait inavouable, de même nature que celui qui me poussait à grimper sur une chaise pour me passer le cou dans un nœud coulant et à me tenir en équilibre sur le bord du siège, songeant avec volupté au faux geste qui m'aurait changé en pendu d'un évident mauvais goût.

Mon père étant de cristal, je le casserai sûrement un jour, par mégarde. Comme une porcelaine de Saxe, il se brisera sur le plancher. Je me coucherai alors sur les mains grises du vent qui me dispersera aux quatre coins de l'horizon...

Un lac encaissé. Au gargouillis du ruisseau qui coulait au pied de la villa, se joignit soudain la mitraillade de la pluie sur la tôle des marquises.

— Tu veux une vodka ? me demanda Suzanne.

Juchée sur un tabouret du bar, elle m'observait avec malice, ses cheveux blonds baignés par les éclairs rouges et jaunes que lançait l'étoile publicitaire achetée à Édouard. Avec sa robe garnie de volants roses, ma grand-mère ressemblait à un poisson chinois, immobile au fond d'un bocal plein de bibelots exotiques. La cicatrice qui lui rayait la joue droite, la chair qui lui tremblait sous les bras, l'enlaidissaient à peine.

Édouard se baladait dans la nouvelle voiture de Suzanne. J'avais refusé de le suivre en prétextant qu'il ne fallait pas abandonner notre hôtesse, en réalité pour causer avec celle dont le vice et la cruauté m'obsédaient. Elle avait hanté mon enfance comme une mauvaise fée et son absence complète de ma vie (je la rencontrais alors pour la troisième fois) avait accentué son aspect légendaire. Comme une aura l'entouraient mes huit oncles, dont plusieurs avaient mal tourné et qui contrastaient furieusement avec mon père corseté de morale. Ébloui par la richesse du mobilier, par ces bouteilles d'alcool évoquant l'orgie et par le récit que me faisait Suzanne de ses voyages, je brûlais de forcer son admiration et son amour. Elle s'avança vers la baie, une main sur la hanche, le menton hautainement levé, puis, pivotant sur elle-même :

— Comment me trouves-tu ? J'ai la taille encore mince, pas vrai ?

Elle déposa son verre sur un guéridon.

— Tu as quinze ans. On est beau à cet âge-là.

J'avalai une gorgée d'alcool.

Dehors le temps se gâtait. Le lac ne frissonnait plus mais frappait la grève de vagues hautes et drues. Suzanne me saisit les coudes, m'obligeant à me lever.

— Dieu que tu es grand !

Ces paroles qui caressaient mes cheveux bourdonnaient au milieu de mon ivresse comme un essaim d'abeilles. Elle déboutonnait ma chemise. La vue de l'étoile d'Édouard, toute cliquetante et aveuglante, me fit éclater d'un de ces rires inextinguibles dont l'objet est l'existence elle-même, entrevue comme une chose microscopique, ridicule, affichant des airs de matamore.

Je reculai, pressé de caresses, cherchant à fuir. Mais le canapé, les livres, les tableaux tout cela m'aspirait comme des sables mouvants. Je m'enlisais dans les rideaux pourpres, dans les yeux de Suzanne où mon reflet semblait celui d'un lutin enfermé dans un flacon de verre.

Elle ingurgita une rasade de whisky et me dit en martelant ses mots :

— Pauvre petit, tu es essoufflé, couvert de sueur.

Larves blanches où frisaient des poils noirs, ses doigts parcoururent ma main gauche qu'ils pincèrent de leurs ongles effilés.

— Regarde, ta chair devient rouge et, diable !, tu saignes.

Mais je ne ressentais aucune douleur, juste un écœurement qui métamorphosait Suzanne en une araignée flasque et silencieuse, tissant ses fils de mon larynx à mes poumons, de mon cœur à mes viscères, et entoilant mes entrailles.

— Maintenant tu vas me dire pourquoi tu riais tout à l'heure, cria-t-elle en me meurtrissant la joue. À cause de ma cicatrice ? Ou craignais-tu que je ne couche avec toi ? J'aime seulement les hommes : les enfants je les croque.

Comme un serpent qui fascine sa proie, elle ne me quittait pas des yeux tandis qu'ondulait son corps maigre et osseux. Boursouflé par l'averse, le ruisseau sifflait et sonnait en s'engouffrant sous la cuisine, bâtie sur pilotis.

— Pourquoi ? Pourquoi ? répétait Suzanne qui m'avait coincé contre le réfrigérateur.

Une porte claqua. La voix de mon père lança :

— Il pleut à boire debout. J'ai conduit l'auto sous l'abri mais je suis crotté.

— N'entre pas, répondit Suzanne, tu salirais mon tapis. Je t'apporte des pantoufles.

Je courus sur le balcon, offrir mon visage à la pluie et calmer ma fièvre. Oublier ! Comme ces nuages et ces grands pins pour qui les mots d'amour et de haine ne seraient jamais que de l'air battu et qui, dans un siècle, auront rappelé à eux les quelques milliards d'hommes présentement en rupture avec l'éternité.

Au cours du dîner, Édouard, ivre de beaux sentiments, vanta la famille et l'amour maternel, en citant plusieurs poètes. L'œil vague, il évoquait sa petite enfance ou rêvait à l'excellent médecin qu'il aurait pu être. Suzanne renchérissait, affirmant que sa fortune la laissait indifférente et que l'art seul la pouvait consoler. Ils se quittèrent avec maints baisers et promesses.

Une fois dans l'autobus qui nous ramenait vers Québec, Édouard me dit :

— Tu aurais pu embrasser ta grand-mère. Je suis certain que ta froideur l'a chagrinée.

Je pensais aux yeux pâles et francs de Guillaume, lorsque j'avais voulu lui serrer la main. «Tu pars pour un long voyage ?» m'avait-il demandé. Eh oui, je commençais un long voyage, et toi, Guillaume, tu finissais le tien. Mais tu avais raison, pas d'adieux, pas de larmes. Ici, seul le silence convient et, ailleurs, il n'y a rien.

Un bruit obstiné

Toujours chez moi, à Saint-Malo. Les cabinets entourés d'une cloison en planches de sapin. Au fond de la cuisine, un rectangle noir encadré de moulures écaillées et qui devient jaune lorsqu'Édouard allume l'abat-jour de sa chambre. Appartement immense, avec six pièces dont un salon doublé d'une salle à manger. Murs suintant le gris et la poussière. Les fenêtres à guillotine ressemblent, avec les dessins que j'y ai tracés au milieu de la crasse, à des mosaïques byzantines, surtout lorsque les feux de circulation y collent des cercles verts, rouges et orange. Dans le salon, où je couche, le plâtre chute régulièrement, grignoté par d'invisibles souris.

Édouard a cherché pendant quelques mois du travail, maintenant il arpente la cuisine, une pipe à la bouche, jusqu'à une heure avancée de la nuit. Ce va-et-vient n'est qu'un craquement de plus, parmi celui des fondations que le froid travaille, celui des termites et de la vermine, et cet autre, presque inaudible, mais sournois, tenace, que je n'ai pas identifié. Certains soirs, dans le silence consternant qui suit le passage d'une ambulance, le bruit inconnu ressemble à l'écoulement d'un sablier ou au glissement de pneus mouillés, parfois au ricanement d'une foule perçu à travers une épaisse couche d'ouate.

Le jour point avec une face blême d'assassin et des voltes visqueuses de chauves-souris. Les masures d'en face se mettent à tomber dru devant les flocons immobiles. Christine se lève, et je hume le parfum du café et du pain grillé. Autour de la vieille table rose saumon, elle s'affaire, de plus en plus avachie. Ses yeux pourtant gardent un écho de son ancienne beauté et survivent dans une chair terreuse et flasque, sous une chevelure blanche et effilochée.

— Mon *shift* finit à neuf heures, dit-elle en nouant son fichu de tête, ne m'attendez pas pour souper.

— Voyons, maman, qu'est-ce que ce jargon ? demande Édouard.

— Celui de l'endroit où *je* travaille.

Mon père se mord nerveusement les moustaches et, pour se venger de ce coup d'épingle :

— Je ne te reconnais plus, ma Christine, dit-il, pourquoi ne pas t'acheter une robe coquette, teindre tes cheveux ? Tu n'es pas belle.

La porte claque, Édouard se camoufle derrière un écran de fumée aromatisée et se remet à rêver à son futur héritage.

L'araignée qui tisse des toiles que l'aube irise ; la guêpe noire qui pond dans les entrailles d'un scarabée paralysé, afin que ses larves aient de quoi se repaître ; les scorpions, les cafards, tous ces insectes, implacables volontés de se perpétuer dans l'absence de pensées, distillaient leur venin des millions d'années avant notre venue. Aujourd'hui ils engraissent, gagnent du terrain. Les villes réverbèrent l'éclat sombre de fourmilières. L'homme n'est jamais acquis à lui-même : la moindre distraction l'appesantit d'un corselet noir et l'arme de mille tenailles. Vous laissez un ami et retrouvez un termite.

Comme les soirées traînaient en longueur, nous nous entre-dévorions. Un abat-jour annelé zébrait le salon de rais lumineux. Christine épluchait Édouard et insultait tous les mâles. Elle crevait dans sa peau ; des varices striaient ses jambes. Enroulé dans un fauteuil, mon père extravaguait.

Ma mère, les mains jointes sur l'abdomen, dit suavement :

— Au lieu de rêvasser, va donc balayer les rues.

— Si tu m'encourageais, me disais : «Papa, tu mérites...».

— Papa ? Tu ne remplaceras jamais mon père, imbécile.

Son visage mafflu en feu, elle étouffa de rage. Édouard se recroquevillait. Elle esquissa un sourire et pressa fortement mon père contre sa poitrine. Durant la pariade, la mante religieuse croque la cervelle du mâle qui lui féconde les ovaires et qui ne lâche prise qu'une fois son ventre crevé, englouti. Grignoter l'âme demande plus de temps, mais inlassablement les mâchoires de Christine grinçaient, son estomac digérait.

La Camionnette rouge

Des marguerites artificielles tremblaient à son chapeau. Elle clignota lentement des yeux, tandis qu'un jeune homme blond, vêtu d'un anorak, lui cria :

— Toi, grand-mère, je parie que tu couches seulement avec des vieux qui démarrent à coups de manivelle.

La prostituée égrena nerveusement les fausses perles de son collier. Visage flétri, parfum entêtant, robe froissée, elle s'apprêtait à manger, avec peut-être l'espoir de trouver un client dans ce bistrot enfumé. Pour se donner une contenance, elle se mit du rouge.

— Tu es laide comme une chenille, continuait son persécuteur, encouragé par un concert de rires.

Elle regarda le vide et posa, pour dissimuler leur tremblement, ses mains sur la table. Ses jambes remuaient par saccades. Malgré son ankylose, elle ambitionnait l'immobilité d'une chaise ou d'un cendrier, sur lesquels on ne fait que de banales remarques. Mais tout trahissait son agitation et son trouble. Elle fumait avec trop de lenteur et d'application. Et à quoi lui servait de darder ainsi la langue entre les dents? Une trentaine de regards l'investissaient. On se poussait du coude en ricanant:

— Mais voyez cette traînée!

Examinant son assiette fumante, elle renonça à y goûter de peur qu'une fourchette ne lui échappât, et à partir, de crainte de trébucher. Croisant frileusement les bras, fermant les yeux, elle capitula et s'abandonna aux curieux qui l'épluchaient, la déshabillaient.

Or dès cette minute, je devins elle. Au lieu d'un complet, je portais une robe imprégnée de sueur. J'éprouvais la fatigue d'une longue marche, le dégoût de mon corps sale et vieilli, et le poids étouffant de mille regards.

J'occupai tour à tour le jeune homme blond, un vieillard pourtant encore beau, un garçon. Égaré parmi ces consciences étrangères, je découvrais avec stupeur leur commune identité et l'insignifiance de ma singularité. La salle était grande, petite; pleine de gaieté et de tristesse; sombre et lumineuse. Les banquettes... Mais peu importaient les couleurs, les sons, devant ce qui les multipliait à l'infini:

— Vont-ils cesser de se moquer de moi?... et je n'ai plus d'argent.

— Pauvre femme, quelle pitié! mais je coucherais bien avec elle.

— Un bœuf bouilli à un dollar, une bière à cinquante cents.

— J'ai assez bu, il faut partir... espérons que mes parents seront au lit.

Ces dernières réflexions m'appartenaient. J'avais ricoché sur tous mes voisins, pour finalement tomber dans le panneau de moi-même : ce jeune homme blond, méchant, dont à nouveau je sentais l'ivresse et la haine. Il se leva, pinça en souriant le bras de la cocotte, et s'enfonça dans le froid en remontant la fermeture-éclair de son anorak. Par une ironie du sort, je m'engluais pour toujours dans celui que tout à l'heure je méprisais le plus.

Je hantais les cabarets et, pour tromper mon ennui, je trompais les autres. Avalés les alcools, brûlées ma raison et ma mémoire aux girandoles et à la musique, je contemplais avec hébétude mon index gauche posé sur la nappe. Au-dessus de la lunule de l'ongle, la chair rougissait. La rugosité du tissu agaçait la pulpe du doigt : au-delà de cette sensation commençait la profondeur inexplorable du coton et du bois. Je tombais, me retrouvant prisonnier de la matière, sans lumière ni oxygène. Au fond de moi, il n'y avait plus aucun espoir. Ma main vivait, se dépliait et se crispait pour caresser ou frapper, mais elle n'était pas au fond de moi où seuls trois coquelicots survivaient. Rien, ce mot terrifiait ma solitude. J'avais vingt ans. J'aurais dû peser lourd, avoir un plein sac de moi-même. Des souvenirs paillards pour s'émoustiller, d'autres plus amers pour me donner l'illusion qu'en souffrant j'avais appris quelque chose. Édouard, Christine, ces noms bruissaient dans l'ombre comme les guêpes de l'ennui. Qu'avais-je à faire avec eux, ou avec ces clients ? Une telle répulsion m'enfiévrait que j'eusse voulu m'adresser à un dieu inhumain et lui crier ma honte d'appartenir à une race dont j'attendais avec impatience qu'elle débarrassât le plancher.

L'homme ? Tes yeux semblables à deux carapaces brillantes, s'obstinant parmi les tripes et les os. Un pantin logé dans une caverne crânienne, lui-même en contenant un autre, et ainsi jusqu'à l'écœurement complet. Notre siècle a simplifié, décrétant un seul pantin pour tous, fabriqué en série, affublé d'un gibus, d'une jaquette et de lunettes noires. Dès la naissance, il s'installera sur un strapontin et regardera par les hublots des yeux. Le spectacle diffère d'un bathyscaphe humain à l'autre, d'où cette regrettable impression de diversité. Toutefois, comme le scénariste imbécile et divin, à court d'invention et de Création, va cochonner le même film intitulé *La Fin des Haricots,* les marionnettes salueront cette vérité trop longtemps méconnue : Je, Tu, Il n'existent pas, seul On pense et agit. À bas les masques, et qu'On s'embrasse avant le baisser du rideau !

Je déambulais dans les rues désertes. Non, nous n'aurons pas de fêtes plus belles que cette neige sous le lait des réverbères, que cette enseigne lumineuse, comme la crête d'une vague d'émeraude, au-dessus des chapeaux des passants. Je m'arrêtai pour pisser dans les ténèbres d'une ruelle. Un clocher noir jaillissait devant moi contre le ciel aveugle, d'une douceur désespérante. Pas de lune, mais autour de la croix de bronze ajouré, un halo jaune, tel la marque du présent au sein des siècles qui déferlaient, usant, rognant, limant chaque pierre, chaque visage...

Je rentrai plus ivre que d'habitude. Édouard m'attendait au salon. Craignant ses reproches, j'enlevai maladroitement mon paletot, le lançai :

— J'ai raté le dernier autobus et j'ai dû marcher jusqu'ici.

— Que penses-tu de moi ? demanda-t-il timidement.

Je haussai les épaules :

— J'ai sommeil et, si tu permets...

Il pressa les doigts contre ses yeux, et me dit :

— Tu ne peux savoir ce qui se passe dans ma sale caboche. Je suis tellement fatigué que je me coucherais là, sur le tapis. J'ai tout raté et, parfois, je me dis que ma disparition vous arrangerait, toi et ta mère.

Malgré que j'en eusse, ces jérémiades me soulevèrent de mépris.

— Alors pends-toi. D'ailleurs, tout le monde se pend, certains à une corde, d'autres à une femme ou à l'alcool.

— Ta sœur nous a quittés.

— Tant mieux : tu la détestais.

— Et toi mon enfant, m'aimes-tu ?

— Passionnément, cela devrait te crever les yeux.

Il bondit soudain vers la fenêtre et la fracassa de la main, puis, zigzaguant dans la pièce, il bouscula les meubles, piétina la vaisselle. Un raie s'échappait de sa gorge. Il ne remarquait pas la traînée de sang dont il maculait la moquette. Inondé de sueur et convaincu qu'il allait me frapper, je m'assis sur le divan, fermai les yeux. Ne recevant aucun coup, je regardai : il se tenait debout, consterné devant le sang qui pissait de son poignet.

— Oh, cela est si doux, dit-il, si doux. Dans quelques heures, tout ce que je suis sera coagulé entre les lames du parquet... moins douloureux que de perdre une dent ou un ongle.

Son corps entier tremblait. Il continua, d'une voix éteinte :

— Si j'avais su que c'était si simple, je n'aurais pas attendu.

La pièce se refroidissait par la faute du carreau brisé, par où entrait la neige. Il me semblait contempler Édouard à travers une vitrine ou de l'extrémité d'un tunnel.

Comme dans mes rêves où, après une marche dans la steppe, j'arrivais sur le bord du précipice. En contrebas, isolée dans un désert ocre, notre maison, que je savais ne pouvoir jamais rejoindre, à moins de sauter dans le vide. Cette agonie de mon père, sous mes yeux, ne me surprenait pas ; je l'attendais depuis ma naissance. Je me levais pour lui porter secours lorsque surgit Christine. Elle portait un déshabillé et j'entrevis son corps nu, dont la peau me parut grise et ridée. Elle enlaça son mari et le conduisit vers l'évier. J'entendis l'eau jaillir du robinet, le crissement de la gaze qu'on déchire et une voix qui suppliait :

— Ne recommence plus, mon chéri, mon amour.

Un nœud très douloureux et très ancien se rompit en moi. Dans la cuisine, deux étrangers s'embrassaient en sanglotant : un homme aux tempes poivre et sel et une femme replète qui, une nuit, m'avaient jeté sur cette pente où je glissais de plus en plus vite vers une fosse toute visqueuse de têtards et d'anguilles. Non, je n'avais rien de commun avec mes parents. Le vent sifflait doucement, comme un vieillard au coin du feu.

Christine, qui avait passé un peignoir élimé, parut dans l'embrasure, et me dévisagea haineusement :

— Tu l'aurais laissé mourir, pas vrai ?

Et sans attendre ma réponse, elle s'éclipsa. Je cherchai une pochette de disque pour obstruer la vitre cassée. L'envie de vomir me tenaillait. C'est alors que j'aperçus, dans la ruelle, moteur tournant au ralenti, la camionnette rouge, celle qui ne décevrait jamais mon attente. La lune tranchait dans les nuages comme dans de la chair vive.

Le Jeu et la chandelle

Elle grimaça devant le miroir embué, s'assit dans la baignoire fumante, ouvrit la pochette et en extirpa une lame de rasoir. D'un geste prompt, Suzanne se coupa le poignet gauche jusqu'à l'os.

— Mes premières menstruations depuis long-temps, songea-t-elle.

L'eau rougissait. De la main droite elle ferma le robinet. Soixante secondes de trop. Rien ne se passait depuis une minute. Les aiguilles de sa mon-tre, posée sur le carrelage en damier, tissaient des liens invisibles autour de son corps qui cafouillait contre l'éternité. Dans quelques heures, une ser-vante la découvrira, morte.

Quatre lanternes de mica répandaient une lumière terne sur les fouilles. Les coups de pioches et les imprécations de mes oncles rappelaient un chantier de construction: on enterrait ma grand-mère, que son suicide exilait des cimetières chrétiens, devant le lac, pères de la forêt drapée de brume. Je rentrai la tête dans les épaules et empruntai un sentier qui tournait autour du chalet. Une feuille de magnolia me frôla. Arrivé dans la cour, je m'affalai sur le perron, qu'une marquise abritait de la pluie. Devant moi roulait un ruisseau enjambé par un ponceau en dos d'âne.

Une branche craqua, une femme émergea de la brouillasse et s'appuya contre la balustrade du pont. Elle portait un chapeau cloche à aigrette et une robe qui lui tombait à la cheville. Je ne distinguais pas ses traits, mais, selon la mode de l'avant-guerre, une étole de renard lui enveloppait le cou. Une main sur la hanche, l'inconnue rit de la manière grinçante de ma grand-mère. Elle marcha jusqu'à un rectangle de lumière jeté par la fenêtre dormante de la salle de bain. Je m'enfonçai dans l'ombre. Le spectre arracha brusquement sa coiffure, piétina son étole, et une jeune fille aux pommettes saillantes s'étira sous l'averse. Je reconnus Ginette, ma cousine, celle que je déguisais en princesse, défendais contre les félons.

Mon père cria de l'autre extrémité du parc :

— Pierre, à toi de creuser. Tes oncles et moi entrons nous réchauffer.

Je sortis à regret de ma cache. Ginette sursauta, tendit la main, mais déjà je disparaissais derrière le coin de la maison. Devant la véranda, j'entendis Édouard qui rugissait :

— Tu as tort de boire comme ça, Armand, tu manques de respect pour la morte.

Une voix de rogomme répondit :

— Je me fiche de la mère, je crache sur elle... Bon, bon, te fâche pas, 'Ti-Coune, on lui élèvera un tombeau en marbre rose.

J'empoignai la pelle qui reposait sur le cercueil et sautai dans la fosse. Des vagues clapotaient tout près. Moulée par une robe dégoulinante, Ginette se dressa soudain au-dessus de moi.

— Pourquoi t'es-tu enfui ? Je t'ai effrayé ?

Je haussai les épaules.

— J'avais mis les vêtements de grand-mère, mais j'ai toujours aimé me déguiser, tu sais bien.

Elle s'assit à croupetons et murmura :

— Tu parais malheureux. Tu souriais jadis, et maintenant tu as leur fièvre dans le regard : tu la transmettras à tes enfants.

J'enfonçai rageusement la lame au creux de l'argile.

— Écoute-les, dit-elle, ces fabricants de malheur en série, alors que ce soir la pluie est si douce.

— Je les déteste, avouai-je.

— Et ton père ?

— Je ne peux souffrir la pitié qu'il m'inspire.

Elle hocha la tête comme si elle avait prévu cette réponse. Un grand-duc hulula dans un arbre voisin.

— Le loup-garou de nos ancêtres, dit-elle en plaisantant.

Était-ce ce démon-là, ou Suzanne pourrissant à côté, qui m'avait voué à la peur, à ce royaume de glace, à cet an mil ? La colère m'emporta contre le cœur d'artichaut de ma cousine, cette optimiste de carton.

— Tu espères encore, toi ? lançai-je. Eh bien, considère ton bel avenir. Des tuyaux remplaceront nos membres. De l'usine à la maison, tu creuseras ton ornière. Comme apothéose, les physiciens nous guériront de la vie, cette maladie contagieuse. Nous aurons le jour en pleine nuit : ce sera beau à en crever.

— La vérité de l'amour...

— Nous l'aurons notre vérité : nous deviendrons radioactifs.

Avec humeur, elle tenta de m'arracher mon outil.

— C'est assez profond comme ça.

Je tirai violemment. Elle bascula et nous tombâmes dans le cloaque. Elle gémit. Sa chevelure irriguait la boue comme les racines d'une fleur. Les lanternes illuminaient la chair déchirée de la terre où nous remuions comme des vers dans une plaie. Une horde de nuages dévalait sur le ciel. Je relevai la jupe de ma cousine et lui caressai le ventre. J'aurais voulu la gaver de boue, faire naufrage avec elle sous terre, que nos deux charognes se soudassent l'une à l'autre. Et je fis la mort : ce que les autres appellent l'amour.

On ne me sucera pas de descendants, moi. Les bourreaux à vivisections et les génies à inventions sublimes pulluleront ailleurs que dans ma semence. Je me débranche : que le courant d'humanité passe par un autre fil conducteur. « Vous serez aussi nombreux que le sable de la mer », a dit un fameux metteur en scène, c'est-à-dire aucun de vous ne sera jamais rien.

Ginette, le visage noirci, la robe déchirée, pleurait. La porte de la véranda claqua. Je me dressai.

— Vite, murmurai-je, mon père vient de ce côté.

Nous courûmes vers le sous-bois, près duquel j'avais garé ma voiture. Une fois assis sur la banquette avant, j'observai Édouard qui titubait, s'essuyant la bouche de sa manche : Armand l'avait sans doute frappé.

Je demandai pardon à ma cousine de l'avoir possédée ainsi dans la boue.

— Tu n'as pas perdu la tête, répondit-elle, je ne risque pas d'avoir un enfant : c'est l'essentiel.

Je mis le contact et la lueur laiteuse des phares baigna Édouard. Il comblait la fosse.

— Regarde, s'écria ma compagne, ton père a oublié de descendre le cercueil.

— Mais, pensai-je, le trou est-il *vraiment* vide ?

La Part du feu

Personne n'est sauvé et personne n'est perdu tout à fait.
Merleau-Ponty

À quitter une geôle obscure, le jour meurtrit les yeux, et moi, depuis ma rencontre avec Ginette, j'avais mal à tout mon être. Nous étions couchés à l'étroit sur un lit métallique. Les draps dégageaient l'odeur intime et âcre que je flairais naguère sur ceux de mes parents. De l'autre côté de la porte-fenêtre, des cheminées noires dentelaient le ciel mauve. Un bras sur sa poitrine, l'autre au-dessus de la tête, ma cousine dormait. Je soulevai sa paupière gauche, découvrant le panneau où j'avais failli tomber. Si je la rejoignais là, au château de ses yeux, si je semais ses lèvres pour que l'écho parle d'amour, ses cheveux deviendraient forêts où je tremblais, le monde s'apprivoiserait. Sa germination accomplie, Ginette me crèverait. Comme Édouard, et avant lui Guillaume, je n'étais que cristallisation d'un refus d'exister. Le malheur ne fleurit qu'en serre: au grand air, il s'étiole et périt. Pensant à cette abbaye qui donnait, près de Boston, asile aux voyageurs, je m'habillai en silence et gagnai la terrasse du château Frontenac. Le traversier de Lévis labourait un fleuve cendreux, dont les vagues rythmaient indifféremment les secondes et les siècles. Le soleil levant flanqué d'une muraille de nuages pourpres, semblait un portail grand ouvert sur un merveilleux jardin. Les rares piétons hâtaient le pas, le choc de leurs talons comme amplifié par les voûtes d'un palais désert. Je rentrai chez moi et, à pas feutrés, fis mes valises. Édouard et Christine dormaient côte à côte. Dans l'orifice noir de leur bouche entrouverte nichait la mort, cette amie qui ne lèse personne, surtout pas ceux qu'elle frappe. À bord de l'autobus me conduisant vers le monastère, je me rappelai que, pour la première fois depuis longtemps, mes parents avaient l'air heureux.

Quand ton père glissera à la renverse au fil des jours, comme un noyé dont chaque heure ternit davantage le regard, que feras-tu, ô présomptueux ? Trouveras-tu pour lui l'oiseau-mouche du bonheur ? Sa face pesante, ses traits décomposés, dards qui m'empoisonnaient. Sous quels étonnants soleils cueilleras-tu l'espoir ? Regarde, père, je grimpe sur les toits, me berce sur la banane de la lune, joue du violon avec mes boyaux.

Tout serait-il donc corrompu, vidé, saumâtre ? On élève pourtant des tours dont l'éclat, certains jours d'été, ne se peut soutenir, et bientôt les planètes apprendront la grandeur de l'homme. Applaudis, père, danse avec eux autour de la fosse à imbéciles et à réactionnaires. Mais dieu que la terre sonne creux sous nos talons endiablés ! Pluie d'or et de masques de carnaval sur les cosmonautes qui passent sous l'arc de triomphe fait d'une saucisse géante.

Vite ! Où ai-je fourré mon attirail de vendeur irrésistible ? Monsieur mon père s'il vous plaît... Il n'est pas ici ? Je lui aurais vendu une étoile en tôle, un jus d'orange miraculeux ou ma dernière invention : la vie.

Le lit. Immense, moelleux. Odeur acidulée de sueur. Petite chambre, alvéole de lumière mielleuse et dorée, avec les passages secrets du rêve. Bon, tu te couches, attrapes une idée, la brûles, te frottes le visage de ses cendres. Quelle heure ? Déjà minuit ! Deux minutes de tuées avec une seule idée. Tu recommenceras demain. Cette pensée-ci, tu la grignoteras, assis sur une banquette de l'autobus, la rumineras dans la rue. Et une fois au travail, plus besoin de te creuser la cervelle. Tu vois ? Vivre : pas compliqué, pas difficile ! Comme la chasse aux papillons dans une rizière. Ton reflet tremble vers le soleil couchant, tu fais épanouir des fleurs d'eau en courant comme un phoque à travers la campagne inondée. Il ne manque pas de noctuelles, de sphinx, de phalènes à empoisonner au cyanure. Les souvenirs morts, tu les piques sur un carton et les donnes en pâture à la poussière.

Mais Édouard ne m'écoute plus et je remballe ma marchandise. Me taire. Piétiner mon magnétophone intérieur. Entrez, mesdames et messieurs, venez admirer l'homme le plus taciturne du monde. Tous les jours, à trois heures, il murmure... Quoi ? Plus fort ! Il hurle : «La vie est une diarrhée farceuse.» Puis il se rassoit dans la tête qui pue le singe malade. Les spectateurs l'injurient. Pendant qu'au Vietnam le bonze Tang-to cesse de contempler la troisième pierre à gauche de son petit temple, pour s'arroser de pétrole.

Pardonne mon départ, père, je souffrais que la nuit coulât en toi à perpétuité, avec un fracas de seaux qui s'entrechoquent. Par sympathie héréditaire et consanguine, je te ressemblais de plus en plus. Adieu, je t'abandonne à Christine qui veillera sur toi comme la flamme d'un cierge. Dans ce monastère, j'ai retrouvé ma raison (elle a la robe et le cimier de Minerve), ma joie (elle ruisselle dans les yeux d'une femme à conquérir) et ma mort (elle viendra avec des blasphèmes et des bûchers sacrificatoires).

Comme pour conclure ces réflexions, le père Freeman m'a déclaré que sa communauté m'évinçait et m'a remis cette lettre de Christine que j'attendais avec l'impatience du loup déchirant une brebis pour sentir enfin un cœur chaud et fumant contre sa langue. Que le diable la patafiole ! Cette mère chérie a la voix mais aussi les projets des sirènes. Elle voulait que je partage son naufrage. Je ne gémirai pas sur ces cendres ridicules. Par ici, Pilate, avec ta bassine et ta serviette blanche !

Mon enfant,

Pardonne la violence de ma dernière lettre. Que cela se termine du moins par des malédictions, pensais-je alors. Mais vite l'écœurement le cède à l'indifférence. Le temps nous crève à coups d'éperons et de cravaches. Nous traversons les heures au pas et les années à bride abattue. Comment la somme d'instants

*interminables donne-t-elle chose aussi éphé-
mère que la vie ?*

*Édouard a beaucoup vieilli depuis que sa
mère s'est suicidée. Récemment il a visité
Vincent, son père, qui avait prétexté Dieu
sait quoi pour s'absenter de l'enterrement.
Le vieillard était assis sur une chaise longue.
À son chevet, sa concubine et le «cousin» de
celle-ci affichaient des grimaces bouffonnes.
Vincent observait ton père avec inquiétude,
comme s'il eût craint un esclandre. Édouard
alla chercher une bière à la cuisine, suivi du
maquereau plus impudent que jamais, et
comme il disait: «cette pièce est petite», le
parasite rétorqua :*

*— Au contraire, elle est très grande. Mais tu es
braque, c'est vrai, tu ne te rends pas compte.*

*Tu te doutes un peu de la réponse de ton
père. Il a si proprement rossé l'autre que j'ai
dû le supplier d'arrêter : il le tuait. Et puis, il
accabla son père, l'accusant d'avoir provo-
qué la mort de Suzanne. Il criait tellement
fort qu'on eût dit qu'il voulait le détruire de
sa voix.*

*Dans le train qui nous ramena à Saint-Malo,
il ne desserra pas les dents une seule fois.
Maintenant, il oublie. Il a transformé la
chambre de ta sœur en une espèce de serre ;
il y cultive des pommes de terre. Si tu savais
avec quel amour il arrose ses plantes,
engraisse la terre, avec quel soin il me mijote
de bons petits plats à mon retour du travail.*

Je me révoltais sottement l'autre jour, car ton père a trouvé le bonheur. Et c'est ce qui importe, n'est-ce pas ?

Ta mère.

P. S. — *Le tombeau de mon père est à deux pas d'ici. L'autre jour, entre les dalles tubulaires, fouissaient des rats. Ils ont foré jusqu'au cercueil un tunnel que j'enfume et inonde. Peine perdue ! Ils s'enfuient à travers leur réseau de souterrains, et, comme j'arrose mes pensées — tu sais combien ton grand-père aimait ces fleurs — ces damnés rongeurs me narguent à nouveau. Les salauds, je leur mets l'eau à la bouche. En attendant, je leur tends des pièges, je les empale, les crucifie. Si j'osais, je les mangerais à la sauce blanche. Cette guerre entre nous me console : elle prouve que je ne suis pas encore l'un d'eux.*

Chronologie

1947	Naissance à Québec, le 9 octobre.
1967	Baccalauréat au collège Sainte-Marie.
1968-1975	Journaliste à *Perspectives*, critique littéraire à Radio-Canada, lecteur aux Éditions du Jour.
1969	Fonde *l'Illettré* en compagnie de Victor-Lévy Beaulieu, de Jean-Marie Poupart, de Michel Beaulieu et de Jean-Claude Germain.
1972	Reçoit le premier prix du Concours des Œuvres dramatiques de Radio-Canada pour *L'Interview*, écrit en collaboration avec Jacques Godbout.
1975-1978	Éditeur et fondateur des Éditions Quinze.
1973	Écrit le scénario de *La Gammick*, réalisé par Jacques Godbout et produit par l'ONF.
1975	Écrit un scénario sur les événements d'octobre *1970: La Crise d'octobre*, réalisé par Marc Blandford et produit par Radio-Canada.
1976	Écrit le scénario de *La Fleur aux dents*, réalisé par Thomas Vamos, adaptation du roman de Gilles Archambault.
1978	Directeur adjoint des Presses de l'Université de Montréal (PUM).

1979-1982	Directeur général et éditeur des Éditions du groupe Sogides (l'Homme, le Jour, les Quinze).
1981	Reçoit le Prix du Gouverneur général pour *La Première Personne*.
1982-1985	*La Première Personne*, traduction de David Lobdell, paraît chez Oberon Press.
1983	*Faire sa mort comme faire l'amour*, ainsi que *Prochainement sur cet écran*, traductions de David Lobdell, paraissent chez Oberon Press.
1985	Journaliste et chroniqueur littéraire à *L'Actualité*.
1988	Scénariste et romancier à temps plein.
1989	Rédacteur en chef de la revue *Liberté*.
1991	Écrit le scénario de *Prochain Épisode*, adaptation du roman d'Hubert Aquin.
1992	*La Radissonnie : roman d'un territoire* paraît chez Libre Expression et, en anglais, chez le même éditeur, dans une traduction de Dominique Clift. Prix du Gouverneur général 1992 dans la catégorie essai.
1993	Écrit le texte du film *Le fleuve aux grandes eaux* de Frédéric Back.

Bibliographie

Romans

Faire sa mort comme faire l'amour, Éditions du Jour, 1969 ; Éditions Quinze, 1978 ; «Bibliothèque québécoise», 1993.

Un deux trois, Éditions du Jour, 1972 ; Éditions Quinze, 1978 ; «Bibliothèque québécoise», 1992.

Prochainement sur cet écran, Éditions du Jour, 1974 ; Éditions Quinze, 1980 ; Vlb éditeur, collection «Le Courant», 1989.

La Première Personne, Éditions Quinze, 1980 (Prix du Gouverneur général), «Bibliothèque québécoise», 1992.

Le Bateau d'Hitler, Boréal, 1988.

Un dernier blues pour Octobre, Libre Expression, 1990.

Essais

Fréquentations, l'Hexagone, 1991

En accéléré, Leméac, 1991

La Radissonie : roman d'un territoire, Libre Expression, 1992

Théâtre

L'Interview, Leméac, 1972

Scénarios

La crise d'Octobre, CBC, 1974

La Gammick, ONF, 1975

La Fleur aux dents, ONF, 1976

Prochain Épisode, d'après le roman d'Hubert Aquin,
1991

Œuvres traduites en anglais

The First Person, Oberon Press, 1980

Sweet Poison, Oberon Press, 1981

Coming Attraction, Oberon Press, 1981

Radissonia. The James Bay Adventure, Libre Expression, 1992

Parus dans la Bibliothèque québécoise

Robert Choquette
LE SORCIER D'ANTICOSTI

Laure Conan
ANGÉLINE DE MONTBRUN

Jacques Cotnam
POÈTES DU QUÉBEC

Maurice Cusson
DÉLINQUANTS, POURQUOI?

Léo-Paul Desrosiers
LES ENGAGÉS DU GRAND PORTAGE

Pierre Des Ruisseaux
DICTIONNAIRE DES EXPRESSIONS QUÉBÉCOISES

Georges Dor
POÈMES ET CHANSONS D'AMOUR ET D'AUTRE CHOSE

Madeleine Ferron
CŒUR DE SUCRE

Guy Frégault
LA CIVILISATION DE LA NOUVELLE-FRANCE 1713-1744

Jacques Garneau
LA MORNIFLE

Rodolphe Girard
MARIE CALUMET

André Giroux
AU-DELÀ DES VISAGES

Jean-Cléo Godin et Laurent Mailhot
THÉÂTRE QUÉBÉCOIS (2 tomes)

Achevé d'imprimer
en mai 1993 sur les presses
des Ateliers Graphiques Marc Veilleux Inc.
Cap-Saint-Ignace (Québec).